# 皇帝の薬膳妃

## 后行列の旅と謎の一族



理子

角川文庫
24372

# 目次

# 用語解説と主な登場人物

## 伍尭國《ごぎょうこく》

**麒麟**の都を中央に置き、**北に玄武**、南に**朱雀**、東に**青龍**、西に**白虎**の**五つの都**を持つ五行思想の国。

## 四公《しこう》

東西南北それぞれの地を治める領主。重臣として国の政治中枢にも関わる。

## 玄武《げんぶ》……医術で栄える北の都。

- **董胡《とうこ》** 性別を偽り医師を目指す少女。「人の欲する味が五色の光で視える」という力を持つ。
- **鼓濤《ことう》** 董胡と同一人物。玄武の姫として皇帝に輿入れする。
- **卜殷《ぼくいん》** かつて小さな治療院を営んでいた医師。董胡の親代わりであり師匠。
- **楊庵《ようあん》** 董胡の兄弟子。先輩医師の偵徳《ていとく》と共に、董胡を捜して王宮に潜入する。

- **玄武公 亀氏《きし》** 玄武の領主。絶大な財力で国の政治的実権をも握る。
- **濤麗《とうれい》** 董胡の母。故人。
- **王琳《おうりん》** 董胡の侍女頭。厳しいが有能。
- **茶民《ちゃみん》** 董胡の侍女。貯金が生き甲斐《がい》。
- **壇々《だんだん》** 董胡の侍女。食いしん坊。
- **尊武《そんぶ》** 玄武公の嫡男。不気味な存在。
- **犀爬《さいは》** 宮内局付きの産巫女。尊武に仕える。

**麒《き》麟《りん》**……皇帝の住まう中央の都。国の統治組織を備えた王宮を有する。また、天術を司る皇帝の血筋の者も「麒麟」と呼ばれる。

- **黎《れい》司《し》** 現皇帝。うつけの乱暴者と噂される。
- **翠《すい》明《めい》** 黎司の側近。麒麟の血筋を引く神官。

**白虎《びゃっこ》**……商術で栄える西の都。

- **白虎公 虎氏《こし》** 白虎の領主。玄武公と結託し、私腹を肥やす。

**朱《す》雀《ざく》**……芸術で栄える南の都。

- **朱雀公 鳳氏《ほうし》** 妓楼を営み隠居生活をしていたが、兄が病に倒れたため、朱雀公に。
- **朱《しゅ》璃《り》** 父の妓楼で芸団を楽しんでいたが、朱雀の姫として皇帝の后に。
- **禰《ね》古《こ》** 朱璃の侍女頭。朱璃のことが大好き。

**青《せい》龍《りゅう》**……武術で栄える東の都。

- **青龍公 龍氏《りゅうし》** 青龍の領主。色黒で武術に長け、計算高く腹黒い。

# 序

女性であることを隠し医師免状を取得した平民暮らしの董胡《とうこ》だったが、ある日突然、昔行方不明になった玄武《げんぶ》公の一の姫だと言われ、皇帝に嫁ぐことになる。

何かの間違いだと思いつつも、五年前に出会った憧《あこが》れのレイシが皇帝であると分かり、得意の薬膳《やくぜん》料理で様々な危機を乗り越えながら半年が過ぎていた。

レイシにはずっと本当のことを言えないまま誤魔化してきたが、自分が青龍《せいりゅう》の地で行方不明だった本物の鼓濤《ことう》だということが判明する。

真実を知り、これ以上嘘を重ねることが心苦しくなってきた董胡は、皇帝・黎司《れいし》に本当のことを告げる決意をした。

その前に、白虎《びゃっこ》の地に董胡の生い立ちのすべてを知るだろう白龍《はくりゅう》がいるかもしれないと分かり、まずは彼を捜しに行くことになる。

朱雀《すざく》の后《きさき》である朱璃《しゅり》と共に白虎行きの旅を画策する董胡だったが……。

同じ時、すでに董胡が女であることに気付いた黎司は、兄弟子だった楊庵《ようあん》を問い詰め、もしも女であることがばれたら安全な場所に逃がして守って欲しいと頼んでいた。

レイシに女だと気付かれていると知らない董胡。

女だと気付いたものの、玄武の后・鼓濤であることまで知らない黎司。

同じく董胡が皇帝の后であることは知らない楊庵。

そしてすべてを知ってしまった玄武の嫡男・尊武《そんぶ》。

それぞれの思惑が複雑に絡み合いながら、董胡は白龍を捜すために白虎の地に向かおうとしていた。

# 一、鼓濤のおねだり

「きょ、今日は頼みがあるとのことだが……何用であるか、鼓濤？」

后宮には低く押し殺したような声が響く。

「陛下。先日、白虎のお后様が懐妊との噂を聞いて私がどれほど心乱したかお分かりになりますか？　まさか寵愛《ちょうあい》深い私を差し置いて白虎の姫君に浮気なさるなんて……」

御簾《みす》の中で、よよと涙を拭《ぬぐ》う姫君。

「そ、それは誤解だと申したであろう」

「いいえ。いいえ、殿方はすぐそうやって嘘をつくのですわ。ああ、この傷ついた心は簡単に癒《いや》せるものではございません。うう……。陛下はひどい方です」

責められて、なんとも居心地が悪い。

「で、では、どうすればよいのだ」

「子宝祈願に行きとうございます。白虎のお后様に先を越されるわけには参りませんもの。どうか心の友、朱璃様と共に白虎の大社《おおやしろ》に行くことをお許しくださいませ。許してくださいますわよね、ね？　お・ね・が・い」

「……あい分かった……」

低い声で答えたものの、そのままがっくりと頭を垂れる。

「……いや、無理です。こんな風に陛下が納得するわけがないでしょう」

黎司役を演じていた董胡は、呆《あき》れたように首を振る。

「え？　そうですか？　完璧《かんぺき》だと思いましたが……」

自信満々に答えるのは鼓濤役の朱璃だ。

いったい何に勝算を感じて湧いてくる自信なのか分からない。

「どこが完璧なのですか！　だいたい私が絶対言わないような台詞《せりふ》ばかりではないですか！　気が触れたのかと思われますよ」

「愛を勝ち取るためにはこの程度のこと言わなくてどうするのですか。そうですねえ。このように御簾ごしに話すからだめなのです。本来ならもっと身を寄せて手を取り、しなだれかかって言う台詞なのです。いっそ御簾を上げて顔を見せてしまいますか」

「…………」

董胡は再び頭を抱えた。

帝《みかど》に子宝祈願に行きたいとおねだりすべし、と朱璃が董胡に朝っぱらから指南してくれていたのだが……。

朱璃の知識は妓楼《ぎろう》の濃密な駆け引きを参考にしたもので、まったく一般的ではない。

「もういいです。普通にお願いしてみますから」

白龍のことは言えないにしても、朱璃の一番弟子である綺羅《きら》の初お披露目の興行《こうぎょう》に同行したいと言ってみようかと思う。そのために子宝祈願という口実を使いたいのだと。

綺羅のことは董胡も知っているし、一応嘘はついていない。

「つまらないですねえ。もっと陛下を動揺させたいのに」

朱璃は残念そうに言う。それが本当の目的なのだと分かっていた。

「だめだと言われたら朱璃様がなんとかしてくださいよ」

「もちろんですとも。もしもだめだと言われたら、白虎の雪白《ゆきしろ》様のことを掘り返し、ねちねちと陛下に嫌みを言って、うんと言うまで責め立ててあげましょう。ふふふ」

「…………」

朱璃の悪辣《あくらつ》な微笑みを見ていると、黎司が気の毒にも思えてくる。

「そ、そんなことにならないように、一応努力はしてみます」

ともかくできる限り説得してみるしかない。

ちょうど今夜、陛下からお渡りの先触れが来ていた。

◆

夜になって玄武の后宮に予定通り黎司が現れた。

「先日は私の侍女頭がすまなかったな」

黎司は厚畳《あつだたみ》に座るなり、鼓濤に謝った。

先日、黎司の侍女頭である奏優《そうゆう》がいきなりこの御座所《おましどころ》にやってきて、鼓濤が董胡を使って白虎の后の子を流すように画策していたと責め立てられたのだった。

「いいえ。陛下の口添えで誤解も解けました。ありがとうございます」

黎司が真実を暴いてくれたおかげでなんとか事なきを得たが、下手をすれば董胡が捕らえられ素性が明るみに出るところだった。

どうせ知られるなら、やはり自分の口で黎司にきちんと話したい。

その気持ちは、もはやゆるぎないものになっていた。

挨拶《あいさつ》を交わしている間に王琳《おうりん》達が膳を運び、黎司の前にはいつものように董胡の作った料理が並べられていた。すぐに黎司の従者が毒見を済ませ部屋から下がる。

黎司は並べられた料理を眺めながら、ほうっと息を吐いた。

「今日もまた賑《にぎ》やかで目を楽しませてくれる膳だな」

「本日は春の食材を使った『春牡丹《ぼたん》御膳』です。庭に咲いていた紅牡丹を添えています」

后宮の中庭には、紅と白の牡丹がちょうど咲き始めていた。

三日で散るとも言われる牡丹は、順に花開いても二十日ほどで花の季節を終えてしまう。

しかし儚《はかな》い命を燃やし尽くすように、豊かな花びらを気高く広げて咲き誇るのだ。

「まずは手前の白花の甘酢和《あ》えをお召し上がりください」

「これは牡丹の花びらか。花びらが食べられるのだな」

黎司は箸《はし》でつまんで口にふくむ。

「紅花よりも白花の方が、くせがなく料理に適しています」

さっぱりとした酢の物が、黎司の食欲を高めてくれるだろう。

「うむ。思ったよりも口当たりがいいな。食べやすい」

「牡丹の根の皮は牡丹皮《ぼたんぴ》という消炎、鎮静、止血などの生薬になります。ですが牡丹は根を掘り取れるまでに五年以上かかり、似た花を持つ芍薬《しゃくやく》の方が生薬としてよく使われています」

「芍薬か。確かによく似ているな。花の時期が少しずれているだけで同種のものだと思っていたが……」

皇宮の御座所にも、この時期になると贅沢《ぜいたく》に飾られ始める花々だろう。

「花器に活《い》けたものを見ると違いが分かりにくいかと思いますが、実はまったく別物でございます。芍薬は草に咲く花で真っ直ぐに伸びた茎に一輪の花を咲かせ、牡丹は木に咲く花で横に枝分かれした先に複数の花を咲かせます」

両者には草と木という根本的な違いがある。

「そうなのか。そういえば美人を形容する言葉があったな。『立てば芍薬、座れば牡丹、歩く姿は百合《ゆり》の花』だったか。それは花の咲く様子を喩《たと》えていたのだな」

「はい。真っ直ぐ高く伸びた芍薬、横に広がる牡丹、柔らかな茎が風に揺れる百合。その様を女性の美しい振る舞いに喩えるのが一般的ですが、実は医生の間では別の隠喩《いんゆ》を含んでいるのです」

「別の隠喩？」

黎司は興味深げに聞き返した。

「はい。芍薬も牡丹も百合も、女性特有の病によく用いられる生薬なのです。いらいらと気が立っている女性には芍薬、血の巡りが悪く座り込む女性には牡丹、ふらふらと揺れるように歩く女性には百合を用いるべし、と言われています」

安易な処方に思えるが、意外に的を射ていたりする。

「なるほど。医生にとってはまったく別の意味を持つのだな。面白い」

黎司は楽しそうに肯《うなず》いた。

麒麟《きりん》寮で医生だった頃の雑学を、こんな風に黎司と語り合える日が来るなんて。

それだけで、董胡は幸せだった。

「甘酢和えの隣が蕪《かぶ》の牡丹鍋《なべ》風餡《あん》かけでございます」

くりぬいた蕪の中に牡丹の花びらのように薄切り肉を重ね、出汁《だし》でじっくり煮込んで餡をかけたものだ。牡丹鍋は本来、猪肉を使って冬に食べるものだが、今回は春御膳《ごぜん》なので牡丹鍋風の餡かけにした。

「大きさも牡丹の花のようだな。崩してしまうのがもったいないほど見事な細工だ」

箸でほろりと崩れる蕪は、餡かけの沁《し》み込んだ肉と一緒に食べると食感も楽しい。

他にもあさりとそら豆の豆板辣醬蒸《とうばんらーじやん》し。うどと鶏肉の炒《いた》め物。春の食材を使った血の巡りにいい料理を並べた。

黎司は満足げに次々に食している。

「甘味には牡丹餅《ぼたもち》を用意致しました」

黎司用に甘さ控えめの餡子でもち米を包んでいる。

「牡丹餅か。秋に食べるお萩《はぎ》に似ているが、何か違うのか?」

「諸説ありますが、ほとんど同じものでございます」

「ほとんど?」

「はい。季節の花に由来して秋に食べるものを『お萩』、春に食べるものを『牡丹餅』と呼んでいますが、実は小豆の扱いが少し違っています」

「小豆の扱い?」

黎司は牡丹餅を楊枝《ようじ》で小さく割って小豆を眺めた。

「秋に収穫される小豆は皮まで柔らかいので、お萩は粒が残る『つぶあん』が多いのですが、春に作る牡丹餅は保存して硬くなった小豆を使うので、皮を取り除いた『こしあん』が一般的です」

「これは確かに『こしあん』だな。言われてみればお萩は粒があった」

両方とも『お萩』と言う人も、どちらも『牡丹餅』だと思っている人もいる。

けれど似ているようでいて、違った名を持つものにはちゃんと理由があるのだ。

「そなたとの食事は新たな発見があって楽しいな。気持ちが高揚するせいか、自分でも驚くほど食が進む。食事が楽しいと思えるようになったのは最近のことだ。そなたのおかげだな」

そんな風に言ってもらえると、作った甲斐《かい》がある。

少しでも黎司の役に立てていると思うと、董胡も誇らしい気持ちになる。

「もったいないお言葉。嬉《うれ》しく思います」

黎司は食べ終えて茶をすすると、少し考えてから口を開いた。

「こうしてそなたと語り合う日々も気付けば半年が過ぎたな」

感慨深げに告げる。

「そなたに心を許しきることはできぬと告げた……私の言葉を覚えているだろうか？」

「……はい」

董胡はどきりとしながら答えた。

嫁いだばかりの頃、玄武公の娘である鼓濤を忌み嫌っていた黎司を思い出す。

共に危機を乗り越え幾分の信頼を得たものの、それでも信じきることなどできないのは、これまでの玄武公の黎司への仕打ちを考えれば当然のことだろうと思っている。

「だが……その言葉を撤回したいと思っている」

「え……」

董胡は驚いて御簾《みす》の向こうに座る黎司を見つめた。

「私はそなたをもっと近くに感じたい。分かり合いたいのだ。だからそなたのことを知らねばならぬと思っている。いや、もっと知りたいと思っている」

「陛下……」

思いがけない言葉に、董胡の鼓動が大きく跳ねる。

「以前、朱璃に言われた。そなたは顔に残る痘痕《あばた》のことをひどく気にしているのだと。奏優はそなたに醜女《しこめ》などと暴言を浴びせたりもしていた」

「それは……」

董胡であることを隠すために、顔を見せない口実を作ったのだが。

「あるいは……そなたの素性を気にしているのかもしれぬな。そなたが何らかの事情があって玄武の一の姫となってしまっただろうことも、理解しているつもりだ」

「…………」

董胡は相槌《あいづち》を打つわけにもいかず黙り込んだ。

「そなたが自分の容姿や素性に負い目を感じて私と距離を保とうとしているのなら、もうそろそろ私を信じて打ち明けてくれないだろうか」

「…………」

まさか今日、そんな話になるとは思わなかった。

子宝祈願のおねだりに気を取られて、危機感が薄れていた。

「どのような事実であっても悪いようにしないつもりだ。内容によっては私の胸の中にだけ留め置いて誰にも言わぬと約束しよう。だから……」

　菫胡は、はっと顔を上げた。

「その御簾を上げて……顔を見せてはくれぬか」

「!!」

　そのつもりではあった。

　近いうちに黎司にすべて話し、ありのままの姿を見せようと決心していた。

　けれどそれは白虎に行ってからと思っていた。

（むしろ今すべてを話して、白龍を捜しに白虎へ行きたいと頼むべきなのか）

「……っ……」

　しかし言葉が出ない。

　あまりに急なことで頭の中が真っ白になっていた。

　やがて何も答えないことを拒絶と思ったのか、黎司は小さく息を吐いた。

「いや……少し焦り過ぎたな。無理強いするつもりで言ったのではない。急にこんなことを言って戸惑わせてしまったようだな。済まなかった」

　黎司は鼓濤に謝ると、気を取り直したように告げた。

「だがこれだけは伝えておこう。容姿や素性以上に、私はそなたを人として信頼している。どのような事実を知ろうとも、この信頼は揺らがないと確信したからこそ、今日この話をしたのだ。そなたが私を支えてくれているように、私もそなたの抱えるものを分かち合って支えたいと思っているのだと……どうか私を信じて欲しい」

「……」

黎司の真摯《しんし》な想いが伝わってくる。

その言葉に嘘偽りなど微塵《みじん》もない。

「……っ……」

それなのに言葉が出てこない。

無言の鼓濤に諦《あきら》めたように黎司は立ち上がった。

「ずいぶん混乱させてしまったようだな。今日はこれで戻るとしよう」

「あ……」

御簾の前を通り過ぎようとする黎司に、董胡はようやく声が出た。

「お、お待ちください、陛下」

黎司は驚いて立ち止まる。

「わ、私も……陛下にすべてお話ししたいと、すでに心は決まっております」

「鼓濤……」

黎司は踵《きびす》を返して御簾に向き直った。

「で、ですが……私の素性について……まだはっきりと分からぬことがございます」

「そなたの素性について？」

「はい。実は唯一私の生い立ちを知る人物が白虎にいるかもしれないと聞きました。その方を捜してすべて判明した暁《あかつき》には、陛下に打ち明ける気持ちでいました」

「白虎に……？」

「その方が本当に見つかるかは分かりません。もし見つかっても判明した事実は、陛下を不愉快にさせるようなものかもしれません。ですが、すべて正直に話して陛下の裁可を受け入れるつもりでございました」

「裁可……。裁くようなことなのか……」

黎司は不安げに尋ねた。

「陛下が思うよりも私は……罪深い人間かもしれません」

女でありながら麒麟寮に通い医師免状を取ったこと。

ずっと女であることを隠して薬膳《やくぜん》師・董胡として騙《だま》していたこと。

さらにそんな董胡が皇帝の后《きさき》であること。

おそらく黎司は、素性の怪しい者が鼓濤に成り代わっているのだと思っている。

それも充分罪なことだが、玄武公が仕組んだことゆえ許せると思ったのだろう。

けれど事実はそれほど単純なことではない。

その認識の開きが董胡には恐ろしかった。

「どうか白虎へ行くことをお許しいただけないでしょうか。私の素性を知る人物を捜し、納得いくまで調べた暁には、陛下の前に姿を現しすべて正直に話すと約束致します」

「そなたが白虎へ？」

黎司は驚いたように尋ねた。

「実は朱璃様と共に『子宝祈願』を口実に出掛けられないだろうかと話しておりました」

「子宝祈願？」

「はい。朱雀の紅拍子《べにびょうし》の興行に付随する形で白虎の大社に詣《もう》でたいと思っております」

「朱璃か……。朱璃が言い出したのだな」

黎司は朱璃の悪知恵かと頭を抱えた。

「い、いえ……朱璃様は私のために考えて下さったのです。それに后二人が仲良く子宝祈願に詣でることは、民に帝《みかど》の治世の安定を知らしめることにもなると……」

「…………」

今度は黎司が黙り込んでしまった。

「勝手なことを言っているのは分かっております。ですがどうしても白虎へ行かねばならないと感じているのです。結果がどうであれ、白虎に行けば今の迷いを払拭《ふっしょく》して陛下にすべてを話せるような気がしております」

それが董胡の正直な気持ちだ。

「そなたは朱璃にはすべて話しているのだな」

黎司は複雑な様子でため息をついた。

朱璃には話せて自分には話せないのかという非難が少し混じっている。

「す、すみません」

けれど黎司だから言えないのだ。仕方がない。

黎司はしばらく無言のまま考えたあと答えた。

「この話は少し預からせてくれ。私の一存で許可できるものでもない」

もちろんそうだろう。

后二人が王宮から出るのだ。

内輪で決めてしまえることではない。

董胡も朱璃の気軽さに流されていたが、よくよく考えてみるととんでもないことをお願いしているのかもしれないと今更気付いた。

黎司を悩ませて申し訳ないと思う。

けれど白虎には行かなければならない。

それはもう董胡の中では止められない気持ちだった。

「改めて連絡する」

黎司はそう言い残して后宮を後にした。

# 二、様子のおかしい楊庵

黎司が鼓濤の后宮を立ち去ってから数日後、『子宝祈願の后詣で』の許可が下りた。

あの次の日、黎司は昼から朱雀の朱璃の許《もと》を訪ねたらしい。

その後朱璃から鼓濤に届いた文には、冒頭から「白虎行きに難色を示す陛下に、雪白様の懐妊の噂にどれほど鼓濤様が傷ついたか分かっているのですか！　と言ってやりました」と意気揚々と書かれていた。

確かに傷ついていたのだが、その感情を人前で見せることはなかったはずだった。

「え。どういう話になっているの？」

不安になりつつ読み進めていくと、「多少大げさに言い過ぎたところはありますが、一刻（二時間）ばかり女心について陛下に教え諭しましたところ、最後には快諾して帰っていかれました。万事順調でございます。ご安心下さいませ」と書かれてあった。

「え？　全然安心できないのだけど。一刻も？　女心について？　教え諭したの？」

教え諭すではなく、詰《なじ》り脅すが正しいのではないかと思う。

絶対快諾などしていないはずだ。

鼓濤をだしにして何を言ったのか気になるところだが、ともかく朱璃が言う通り本当に許可が下りた。

実際は朱雀公……というより朱璃の母が乗り気で、后行列を連れての興行は箔《はく》がつくと大喜びで準備を進めてしまい、なんとしても許可を出して下さいと朱雀公に泣きつかれてしまったことが決め手になったらしい。

元紅拍子の経歴を持つ朱璃の母を寵愛《ちょうあい》……というより完全に尻《しり》に敷かれている朱雀公は、今更行けないとは言えない状況だったようだ。

会ったこともない朱璃の母だが、似た者母娘《おやこ》に違いないと想像がつく。

ともかく、こうして董胡は旅支度をすることになった。


「こんにちは、万寿《まんじゅ》」

董胡の旅支度といえば、まずは薬草の準備からだ。

例によって、薬庫の万寿を訪ねた。

「おう、董胡。久しぶりだな」

万寿には前回、雪白の懐妊の噂を真っ先に教えてもらって以来だ。

情報通の万寿のおかげで、実際に噂が回ってきた時に慌てずに済んだ。

いつも万寿の情報網には助けられている。

「今日はどうしたんだ？」

「うん。実はまた出掛けることになってね。もう少し薬草を買い足しておこうと思って」

「また出掛けるのか？　お后様の専属薬膳師ってのは出張が多いんだな」

「いや、今回はお后様のお出掛けに付き添うんだ」

「お后様のお出掛け？　お后様が王宮を出られるのか？」

滅多にないことだけに、万寿も驚いている。

「うん。もうすぐ噂が聞こえてくると思うのだけど、朱雀のお后様と一緒に白虎に子宝祈願に行かれるんだ」

朱璃は派手に準備を進めているらしく、朱雀ではすでに周知の事実になっている。

「子宝祈願？　あ、じゃあ昴宿《ぼうしゅく》の『百滝《ひゃくたき》の大社《おおやしろ》』へ行くのか」

「百滝の大社？」

実は行先は朱璃に任せっきりでどこに向かうのかよく分かっていない。

「ああ。大社の裏に百の滝が流れるという虎威大山《こいだいせん》という山があるらしい。実際は百以上あると言われている滝の一つに、その水を飲めば子供が授かると言われて有名な子宝成就の滝があるそうだ。安産にいい滝もあるらしくて、うちの細君が、悪阻《つわり》が落ち着いたら詣でたいと言うもんだから調べてたんだよ」

そういえば万寿の奥さんは妊娠中だった。

「奥さんの悪阻は良くならないの？」

前回は万寿の奥さんの悪阻の話から雪白の懐妊の話になったのだった。

「一時よりはずいぶんましになったようだが、食欲はまだ戻らないみたいだよ」

「これは食べられるかな？　甘さを控えめにした牡丹餅《ぼたもち》なのだけど」

董胡は手に持っていた風呂敷《ふろしき》包《づつ》みを受付台の上に置いた。

先日黎司に作った牡丹餅と同じものだ。甘さを控えめにしている。

小豆は栄養価が高く、貧血がちの妊婦には最適の食材でもあった。

「牡丹餅か！　先日もらった董胡の桜餅は喜んで食べていたから食べるかもしれないな。不思議に董胡の作ったものは受け付けるみたいなんだよ。助かるよ。ありがとう」

「うん。養生してあげてね」

「それで？　玄武のお后様《きさき》も先日の白虎のお后様懐妊の噂を聞いて焦りだしたってわけか。それで子宝祈願に行くことになったんだな？　董胡も大変だな」

まあ、普通に考えればそういう風に受け取る人がほとんどなのだろう。

后同士の熾烈《しれつ》な寵愛争いが起こっていると思われているに違いない。

もっと別の口実にしたかったが、朱璃が言うように后の外出にこれほど万人が納得する口実はないのだから仕方がない。

現に万寿も何の疑いも持たず納得している。

「欲しい薬草を注文書に書くから揃えてもらえるかな？」

董胡は筆を取り出し生薬注文用の紙にさらさらと書き込んでいく。

「百滝の大社に行くなら雨具を持っていった方がいいぞ。お后様は輿《こし》に乗っておられるから大丈夫だろうけど董胡は行列と一緒に歩くんだろう？　蓑笠《みのかさ》を一揃い持って行けよ」

万寿は頬杖《ほおづえ》をつきながら、生薬を書き込む董胡に言った。

「蓑笠？　白虎は雨が多いの？」

「白虎というか百滝の大社は雨が多いことで有名だ。虎威大山は百の滝が流れているぐらいだからそれだけ雨が降るってことだ。朝晴れていても昼には豪雨になることなんてしょっちゅうらしいぞ。山の天気だと思った方がいい」

「そうか。分かったよ。ありがとう」

万寿の情報は多岐にわたる内容で助かる。

「それで……お前はいつまでそこに突っ立っているつもりだ？」

「え？」

董胡は顔を上げて万寿を見た。

万寿は頬杖をついたまま薬庫の入り口を見ている。

そちらに振り返ると、楊庵がばつの悪そうな顔で戸口から覗《のぞ》いていた。

「楊庵！」

「いっつも用もないくせに邪魔しにくるのに、今日はなに遠慮してんだよ。柄にもない」

「……うるせえ」

楊庵は気まずい顔で小さく文句を言いながら、ようやく中に入ってきた。

「なんだよ。まだ仲直りしてなかったのか？　謝れって言っただろう。手のかかるやつだな」

そういえば、楊庵とは先日この薬庫で喧嘩《けんか》別れしたままになっていた。

「楊庵。私は……」

『董胡を一生守る』という卜殷《ぼくいん》との約束を、律儀に守り続ける楊庵を解放してあげたいと思っただけだ。けれど楊庵を怒らせてしまった。

「…………」

無言のまま俯《うつむ》く楊庵を見て、万寿は肩をすくめた。

「……ったく。俺は注文の薬草を揃えてくるから、二人でよく話し合いな」

そう言って董胡が書き終えた注文の用紙を手に取ると、万寿は奥に行ってしまった。

二人きりになると、気まずい空気が流れる。

「あの……楊庵……」

しかし董胡が何か言う前に楊庵が口を開いた。

「レイシ様……」

「え？」

楊庵の口から突然黎司の名前が出て董胡はどきりとした。

「董胡はレイシ様のことを……今どう思っているんだ？」

ためらいがちに尋ねる楊庵に、董胡は戸惑った。

「な、なに？　急に。なんでレイシ様のことなんて……」

斗宿《としゅく》にいた頃から董胡が黎司の名前を口にすると機嫌が悪くなっていた。

いつも黎司の話題をさけていた楊庵だったのに。

「今でも……レイシ様の専属薬膳師《やくぜんし》になりたいと思っているのか?」

楊庵は董胡の問いには答えず、やけに真剣な顔で董胡に尋ねた。

「そ、そりゃあそれが夢だったんだから。でも……そんなのもう無理でしょう?」

少し前までは『鼓濤』の名を捨てて黎司の専属薬膳師になる道もあるかもしれないと考えることもあったが……。

自分が本物の『鼓濤』であることが分かった今では、もうこの名を捨てることなどできない。

「無理……なのか?」

「うん。無理だよ。どうしたの? 急に」

だがやはり董胡の問いには答えず、楊庵はさらに尋ねた。

「じゃあレイシ様にもう会えなくてもいいのか?」

「それは……」

本当はすでにもう会っている。

そのことはまだ楊庵に言えずにいるけれど。

董胡が王宮に留《とど》まる決心をしたのも、黎司がここにいるからだ。

黎司に会えなくなることは……董胡が一番避けたい事態だ。

そのためだけに動いてきたと言ってもいい。

黎司と今のまま会える場所を守るために、無茶なこともしてきたのだ。

「董胡は……レイシ様を……好きなのか？」

「んえっ⁉」

あまりに率直に尋ねられて変な声が出た。

「いや……だから……そ、その……レイシ様が妻にしてくれるとか言ったら……董胡はどうするのかと思ってさ……」

楊庵は自分で言いだしておきながら、しどろもどろになって聞き直した。

「そ、そそ、そんなこと、あるわけないでしょ！　何言ってるのさ」

慌てて答えたものの、実際はその『レイシ様の妻』という立場にすでになっている。

立場だけで黎司は自分の妻が董胡だなんて知らないだろうけれど。

そんなことを楊庵に言えるはずもなかった。

「も、もしもだよ。もしもレイシ様が董胡を好きだと言ったらどうする？」

「そ、そんなわけないでしょ？　レイシ様は私を男だと思っているんだよ？」

「そ、そうか……。そうだよな」

楊庵は何か言いたげな顔をしたが、自分に言い聞かせるように肯《うなず》いた。

「どうしたの？　今日の楊庵は少しおかしいよ？　何かあったの？」

「い、いや！　な、何もないよ。俺は何も知らないし」

「何も知らないって？　何のこと？」

「あ、いや。違うんだ。その……董胡はもしも女だってばれたらどうするつもりなのかと思ってさ。玄武のお后様にはばれてないのか？」

「それは……」

その玄武の后が董胡なのだから、ばれているといえば最初からばれている。

「宮内局《くないきょく》の局頭《きょくがしら》の尊武様は局内でも恐ろしい人だと言われているんだ。造酒寮《ぞうしゅ》の酒を横領していた寮頭は先日死罪になったそうだ。不正を許さないと言ったら聞こえがいいが、要は自分の支配下で勝手なことをされることが許せないみたいだ」

「死罪……。厳しい処分だね」

尊武に情状酌量を求めても無駄だろう。楊庵が言う通り不正が許せないのではなく、自分の許可なくやっていたことが許せないのだ。

「偵徳《ていとく》先生が尊武様のことを調べているからさ、いま誰よりも詳しく知っているんだ」

偵徳は昔、尊武に斬られた頬と胸の傷が今も痛むようだ。痛むたびに恨みを募らせているのだろう。

「偵徳先生は変な動きをしていない？」

「ああ。尊武様の悪辣《あくらつ》な行状を知るたびに古傷が痛むらしくて、まだ体調が悪いみたいだ。動きたくても動けないといった方がいいだろうな」

そんな状態で勝てる相手ではない。

貞徳のためにも、馬鹿な考えを起こさないで欲しいと思う。

「そんな恐ろしい局頭が、董胡が女でありながらお后様《きさき》の薬膳師になっているなんて知ったら……どうなるか分からないだろう?」

「そ、そうだね……」

これも実際にはすでにばれている。

確かにただの平民の娘であったなら、自分は今頃死罪になっていただろうと思う。

しかし、董胡は玄武の后・鼓濤でもあったことで、利用価値があるとみなされたのだろう。脅され続けてはいるものの、辛うじて命は繋《つな》いでいる。

「まさか……尊武様にばれてないよな?」

「えっ!?」

今日の楊庵はやけに勘がいい。

「ば、ばれて……ないよ。だ、大丈夫だよ。心配しないで」

心苦しいが正直に言って楊庵を心配させても仕方がない。

「なら……いいんだけどさ」

「今日はどうしたの?　楊庵、変だよ」

「………」

楊庵は考えるように黙り込んだ。そして決心したように告げる。

「あのさ。もしものことがあったら俺が助けるから安心しろよ」

「だから、女だってばれたとしても俺が必ずお前を安全な場所に逃がすから。董胡が行きたいところに一緒に逃げよう。何があっても俺がずっとそばにいるから」

「楊庵……」

「董胡が思うより、俺は頼りになる男なんだぞ。お前の夢ぐらい何でも叶《かな》えてやる。治療院でも薬膳料理の店でも、俺が立派なの建ててやるからさ」

今日はずいぶん大口を叩《たた》く。

「そんなお金ないでしょ？　本当にどうしたんだよ、楊庵」

「と、とにかく、レイシ様の専属薬膳師は無理だけど、その他の夢ならなんでも叶えてやるからさ、困った時は俺に頼れよ。分かったな」

楊庵を呪縛から解放してあげたかったのに、真逆の方向にいってしまっている。

けれど、意気揚々と告げる楊庵を拒絶することができなかった。

「よく分からないけれど、私はいつも楊庵を頼りにしているよ。これまでも、これからも。心配してくれてありがとうね」

それは事実だ。いつだって楊庵に助けられてきた。

感謝してもし足りないと思っている。

「おう、仲直りできたか？　注文の薬草を揃えたぞ、董胡」

ちょうどいい頃合いに万寿が奥から戻ってきた。

「わあ！　ありがとう、万寿。これはいい黄柏《おうばく》だね。万病に効く腹薬だから多めに持っていこうと思ったんだ。それから葛根《かっこん》！　こんなにいいの？　助かるよ」

旅支度に常備しておきたい生薬の数々が並んでいる。

董胡はいつもながら質のいい薬草に目を輝かせた。

この生薬と、御用聞きに頼んだ乾物食材などで多少贅沢《ぜいたく》をしたが、衣装や宝飾品を注文しないから帝《みかど》に迷惑をかけるほどの金額にはならないだろう。

「じゃあ、万寿。白虎で何かお土産を買ってくるから楽しみにしていて」

「おう。気を付けて行ってこいよ」

董胡は生薬を抱えて、楊庵と共に薬庫を出た。

「楊庵にもお土産を……」

しかし董胡が言うより先に楊庵が告げる。

「俺も行くよ。密偵として付き添うことになっている」

「そうなの？」

もしかしてと思っていたが、やはり黎司は楊庵を今回も密偵に指名していたのだ。

先日、黎司には楊庵を自由にして欲しいと頼んだのだが、まだその話はされていないようだ。

「なんだよ。俺が行ったら迷惑なのかよ」

「そ、そんなことないよ。楊庵が一緒なら心強いよ」

楊庵には自由になって欲しいけれど、やっぱりそばにいるのは嬉《うれ》しい。

「素直にそう言えばいいんだよ」

楊庵は言いながら、くしゃりと董胡の頭を撫《な》でた。

楊庵が危険な目に遭わないか心配だけれど、もう少しの間その優しさに甘えていいだろうか。白虎から帰るまでだけ……。

「うん、ありがとう楊庵。頼りにしているよ」

董胡は薬庫の前で楊庵と別れて、后宮へと戻っていった。


「あれは……」

その様子を遠くから目ざとく見ていた男がいた。

「子猿と……どこかで見た男だな」

濃い紫の袍《ほう》服を着た男は、顎《あご》に手を当てて優雅に首を傾げた。

「どうかされましたか？　局頭様」

そばには取り巻きの官吏が数人付き従っていた。

「いや。あの建物は確か……」

尊武が指差す方角を見て、官吏の一人が答えた。

「あちらは薬庫でございます。王宮内の薬をすべて管理している所です」

「薬庫か……」

尊武はしばし考えてから、取り巻きの官吏達に命じた。

「少し用を思い出した。ここで待て」

「薬庫に御用でございますか？　でしたらわたくしが……」

「いや、よい。待っていろ」

再度命じられて、官吏達は戸惑いながらもその場に留《とど》まった。

官吏達を置いて、尊武はずかずかと薬庫に向かう。

そして薬庫の戸口を開いた。

「いらっしゃいませ。何をご所望で……」

万寿はすぐに貴族医官だと気付いて丁寧に声をかけたが……。

「あっ！」

その袍服の濃い紫と襷襟《たすきえり》の緻密《ちみつ》な織に気付いて、慌てて受付台を上げて出てきた。

そしてそのまま拝座《はいざ》の姿勢になる。

「ご無礼を致しました。局頭様が来られるとは思わず……」

さすがの万寿も声が震えている。

まさか局頭のような身分の高い貴族が、こんな所に顔を出すなどと思っていない。

特に尊武については粗相をすれば斬られるなどという噂も聞いていた。

何かやらかしてしまったのかと青ざめて頭《こうべ》を垂れる。しかし。

「挨拶《あいさつ》はよい。それより今ここにいた医官は玄武の后の専属薬膳《やくぜん》師だな」

万寿はそのことかと少しほっとして答えた。

「は、はい。さようでございます」

「何の用で来ていたのだ。后宮で病人が出たのか？」

「あ、いえ……」

玄武の后といえば、局頭の妹でもある。

それで心配になったのかと万寿は考え及んだ。

「玄武と朱雀のお后様方が白虎に子宝祈願に行かれるとのことで、道中の常備薬を買い足しに来られました。病人がいるわけではないようでございます」

「子宝祈願？」

尊武は怪訝《けげん》な顔で聞き返した。

まだ尊武の耳に入っていない情報だったのかと、万寿は少し不安になった。

「あ、あの……旅支度のために、私は先に知ることになったようですが……」

だが尊武は知らなかったことは気にしていないようだ。

「ふーん。まあいい。それより、薬膳師と一緒にいた男は誰だ？」

「は？　あ、楊庵でございますか？」

万寿は思いがけない問いかけに首を傾げる。

「彼は帝の内医官の使部《つかいべ》でございます。董胡……お后様の薬膳師とは旧知の間柄だそうで、兄弟子だったようでございます」

「兄弟子？」

尊武は再び考え込んだ。

「兄弟子といっても、彼はまだ医師免状も持っていないようでございますが」

「ふーん。なるほど」

尊武は微《かす》かに口端を上げてにやりと微笑んだ。

「あの……楊庵が何か……」

万寿は楊庵が何かしでかしたのかと心配になって尋ねた。

「いや、何でもない。邪魔をしたな」

それだけ言うと、尊武はあっさりと出て行ってしまった。


「な、なんだったんだ？」

尊武が出て行った薬庫では、万寿が緊張から脱して放心していた。

「局頭様がなんだって楊庵のことを知りたがるんだよ」

相手は官職もない使部の平民だ。尊武にとっては虫けら同然の存在のはずなのに。

「俺、なんかまずいことを言ったんじゃないよな？」

不安に思うものの、局頭相手にどうすることもできなかった。

「今度董胡か楊庵が来たら聞いてみるか」

しかし、そんな機会のないまま白虎へ出発する日が近付いていた。

# 三、蒼天のお散歩

白虎への出発を二日後に控えたうららかな春の青空の下、董胡は黄軍《こうぐん》の厩舎《きゅうしゃ》の裏手にある馬場に向かっていた。

柵《さく》に囲われた広い馬場には、蒼天《そうてん》の手綱を引く黎司が立っていた。

「来たか、董胡」

「陛下！」

「挨拶はよい。こちらにおいで」

拝座になろうとする董胡を止めて、黎司は手招きした。

黎司のそばには側近神官の翠明《すいめい》と、黄軍の空丞《くうじょう》将軍もいた。

蒼天の管理は主に空丞将軍がしているらしい。

今日は、暖かくなってきて馬場で過ごすことも増えてきた蒼天の散歩に、董胡もお供させてもらうことになって呼ばれた。

人払いされた馬場は緑の芝生が広がり、柔らかい風が黎司の長い髪をゆったりと薙《な》いでいる。そんな黎司が立っているだけで、ここが光に満ちた神々しい場所に思える。

思わず見惚《みと》れてしまいそうになる董胡を、翠明が三日月の目でじっと見ていた。

いつも控えめな翠明の視線をこんなに感じたのは初めてかもしれない。

不躾《ぶしつけ》に帝《みかど》を見過ぎてしまったかと、慌てて目を逸《そ》らして誤魔化した。

「そ、蒼天。また大きくなったね」

優雅に歩く青い鬣《たてがみ》の蒼天は、すでに董胡の背丈に達していた。

そして董胡に気付くと近付いてきて頬ずりをしてくる。

仕草は幼いのだが、体格はすでに仔馬《こうま》ではない。

「私も驚いたのですが、青鬣馬《せいりょうば》は成長が早いようです。普通の馬だとすでに二歳ぐらいの体軀《たいく》に成長しているようです」

空丞が蒼天の背を撫《な》でながら説明してくれる。

「青鬣馬の寿命が短いのと関係しているのかもしれぬな。成長が早い代わりに命を早く終えてしまうのかもしれぬ」

黎司が続けた。

「そういえば寿命が短いのだったね、蒼天」

董胡は蒼天に話しかけながら、青鬣馬の儚《はかな》さを感じてしんみりとする。

「それで……本来ならまだ人が乗るような月齢ではないのですが、蒼天の骨や筋肉のつき具合を見ると、すでに問題ないかと陛下に話していたところです」

空丞が董胡に告げる。

「もう人を乗せられるのですか？」

この間まで仔馬だと思っていたのに、信じられない速度で成長しているようだ。

「どうだ？　菫胡が乗ってみるか？」

「ええっ⁉　私ですか？」

黎司に言われて菫胡は慌てた。

「私は馬になど乗ったこともありません。無理ですよ」

「ですが私がいきなり乗ったのでは、蒼天も負担が大きいでしょう？」

黎司の代わりに空丞が答える。

確かに黄軍の中でも大柄の空丞が乗ったりしたら、すぐに足を痛めそうだ。

「誰か軽い人を乗せて慣らしてあげられたらと話していたのです」

翠明が言うと、全員の目が菫胡に注がれた。

おそらくこの王宮で菫胡より軽い男などいないだろう。

確かに慣らすにはちょうどいい重さかもしれないけれど……。

「だ、だからって、馬に乗ったこともないような私では却《かえ》って蒼天の負担になるのでは」

「手綱は私が持つ。ゆっくり馬場を一周するだけだ」

黎司が言いながら鬣を撫でると、蒼天も大丈夫だとでも言うように「ぶるる」と鼻を鳴らした。

「蒼天は賢い馬だ。心を許しているそなたが最適だろう」

黎司にそこまで言われて断ることもできず、董胡は蒼天に乗せてもらうことになった。

馬具は一番軽くて負担の少ない簡易的なものを空丞が取り付ける。

さらに董胡のために踏み台まで持ってきてくれた。

「董胡殿。私の肩を支えにして、鐙《あぶみ》に足をかけて飛び乗ってください」

「わ、分かりました。うわっ！　わわっ！」

空丞が肩を貸してくれたが、思うように足が上がらず黎司と翠明に腰を支えてもらいながらようやく蒼天の背にまたがった。

「た、高い……。思ったよりも高いですね」

ロー族の高原では、楊庵は半日で馬を乗りこなしていたので自分にもできそうな気がしていたが、実際に背に乗ってみると安定が悪く、ずいぶん地面が遠い。

董胡は急に怖くなって、蒼天の首に無様《ぶざま》にしがみつく。

「はは。手綱を持て、董胡。落ちたらちゃんと受け止めてやるから」

黎司が笑いながら董胡の横に立った。

「落ち着いて、董胡殿。我らがついていますから」

「怖がらなくても大丈夫ですよ」

空丞と翠明も黎司の反対側に立って声をかけてくれる。

なんだか今日は、みんながいつも以上に優しい気がした。

黎司が董胡の手に手綱を持たせてくれる。

「背筋を伸ばして、しっかり前を見た方が高さを感じない。蒼天の負担も少なくなる」

「わ、分かりました」

　蒼天に負担をかけまいと、董胡は黎司に言われるままに背筋を伸ばした。

　すると本当に下を向いていた時より高さを感じない。

「うむ。上手《うま》いぞ。そのまま緊張を緩めてゆったりと乗っているだけでいい」

「は、はい」

　董胡は真っ直ぐ前を向いたまま黎司に返事をした。

　緊張を緩めろと言われても無理だ。少し油断すると体が傾いてしまう。

　隣に立つ黎司に目を向けることすらできない。

「このままゆっくり進むぞ。いいな？」

「はい」

　黎司の言葉通り、蒼天はゆっくり前足を踏み出した。

　前を向いて固まったままの董胡の横で、黎司が手綱を持って一緒に歩いてくれている。

　そして問題ないと判断したのか数歩離れて翠明と空丞がついてきてくれているようだ。

「お、重くないでしょうか？」

　いくら董胡が軽いといっても人を乗せているのだ。

　幼い蒼天が辛《つら》くなっていないか心配だった。

「問題ないようだ。蒼天も楽しそうにしているぞ」

「ほ、本当ですか？　良かった……」

董胡はほっとして、少しだけ緊張がほどけた。

考えてみると、帝に手綱を引かせて馬に乗っているなんて、とんでもないことに違いない。他の人に見られたら不遜《ふそん》だと怒られそうだ。

馬上に少し慣れてそっと黎司の方を見ると、髪を束ねた織紐《おりひも》が目につく。

幾重にも垂れた美しい織紐が、黎司の長い髪と一緒に揺れていた。

鼻筋の通った横顔は上から見下ろしても完璧《かんぺき》に整っている。

おそらくこの位置から帝を見た者など皆無だろう。

畏《おそ》れ多く思いつつ、貴重な黎司を垣間見《かいまみ》えたことが少し嬉《うれ》しかったりもした。

「ところで……」

そんな董胡に黎司は少し真面目な顔になって告げる。

「そなたも鼓濤と共に白虎に行くのか？」

はっと現実に戻される。

「は、はい。私はお后様《きさきさま》の専属薬膳師《やくぜんし》ですから」

董胡が答えると、後ろからついてくる翠明と空丞には聞こえない程度の声で黎司は言い放った。

「行くな」

少し硬い黎司の声音に、董胡はどきりとする。しかし。

「……と言っても、そなたは行くのだろうな」

すぐに諦《あきら》めたように続けた。

「も、申し訳ございません」

鼓濤と董胡が同一人物である限り、別行動などできないので仕方がない。

「王宮から出る鼓濤と朱璃のことも心配だが、私はそなたが一番心配なのだ」

黎司はため息をつきながら言う。

「ど、どうして私のことが？」

「そなたは無茶ばかりするだろう？」

董胡を見上げて苦笑する黎司と目が合った。

「鼓濤と朱璃は多くの護衛に守られ、道中も牛車《ぎっしゃ》や輿《こし》の中にいるから危険は少ないが、そなたを守る者はいないであろう？」

黎司は切ないような表情で董胡を見つめた。

それほどまでに心配してくれている黎司に心が痛む。

「わ、私は医師として鼓濤様と朱璃様の牛車に同乗させていただくことになっています。ですのでご心配には及びません。大丈夫です」

実際に鼓濤と同一人物である董胡は、行列に紛れて歩くわけにもいかない。

鼓濤のいるところに常にいることになる。

だから董胡として出掛けた青龍よりはずっと安全なはずだ。

（青龍の時のように尊武様がいるわけでもないしね）

そうなのだ。

尊武がいないというだけで、今回はずいぶん気が楽だった。

白龍を捜して少しばかり街歩きをしようとは思っているが、それ以外は鼓濤として大社の中にいて危険なことなどないはずだ。

「だが平民医官として多くの従者達と寝食を共にするわけだろう？　大丈夫なのか？」

「青龍でもそのように過ごして参りましたが……」

むしろ黎司は何をそんなに心配しているのだろうかと首を傾げた。

「いや……、その……従者の中には乱暴な男達もいるだろうし……」

黎司は何か言いたげに口ごもったまま考え込んでいる。

「私は寝る時以外は朱璃様と鼓濤様のおそばにいるように言われております。危険なことなど何もありません。ご安心ください」

董胡が答えると、黎司は思い当たったように顔を上げた。

「もしかして鼓濤はそなたのことを……」

「え？」

聞き返した董胡には答えず、黎司は少しほっとしたように呟《つぶや》いた。

「そうか……。そう考えた方が自然だな。そういうことか」

「レイシ様？」

「いや、なんでもない。そうだな。鼓濤が共にいれば安心だな。うむ」

黎司は自分に言い聞かせるようにして肯《うなず》く。

「ともかく今回は無茶をせず、無事に帰って来てくれ。約束だぞ」

「はい。分かりました」

なんだか分からないが、思ったよりもあっさり認めてくれて良かった。

青龍に行く時もこんな風に必ず帰ると約束をした。

その黎司との約束が董胡に力を与えてくれたように思う。

ならばきっと今回も無事に帰って来られる。

そして帰った時には、今度こそすべて黎司に打ち明けようと思う。

こんな風に黎司に隠し事をして嘘ばかりつかなければいけない日々を終わりにする。

黎司と話をしているうちに、気付けば馬場を一周していた。

最初は恐々として乗っていたが、馬場を一周して戻ってくる頃には少し慣れて蒼天に話しかけるような余裕さえ出てくる。

「蒼天。ご苦労さま。乗せてくれてありがとうね」

董胡が蒼天に声をかけると「ひひん!」と得意げに鳴く。

楽しい時間だったと大満足して颯爽《さっそう》と馬から下りようと思って、はたと気付いた。

(あれ？　これどうやって下りるの？)

董胡が見かけた男達は、みな当たり前のようにひょいと下りていて簡単そうに見えた。

乗るよりも下りる方が簡単だろうと思っていたのだが……。

いざ不安定な馬上から下りようと思うと、何をどうしていいのか分からない。

三人の男達はいつまでも馬から下りようとしない菫胡をじっと見ている。

まさか馬の下り方も分からない者がいるなんて思ってもいないようだ。

(な、なんとか下りなきゃ。王宮の男ならこれぐらいできて当たり前なのだから)

薬膳師として運動能力を問われることは今までなかったのだが、こんなこともできなかったら本当に男なのかと怪しまれてしまうかもしれない。

「下りられないのか、菫胡?」

黎司が気付いて声をかけた。

「菫胡は医師としては非常に優秀と聞きましたが、意外な弱点を見つけましたね」

「気付かなくてすみません。踏み台を持ってきましょうか」

翠明と空丞も気付いて笑っている。恥ずかしくて顔がみるみる赤くなった。

「いえ、大丈夫です。下りられます」

強がって答えたものの、黎司は悟ったようだ。

「片足を鐙《あぶみ》にかけたまま、もう一方の足を上げてこちらに回すのだ」

黎司が下り方を説明してくれるのだが、足が痺《しび》れてしまったのかうまく上がらない。

そもそも足を上げるという動作になじみがなく、思うように動かない。

后宮での姫君の暮らしですっかり体がなまってしまったようだ。

（え？　あ、あれ？　どうしよう。足が上がらない）

焦れば焦るほど体がいう事をきいてくれない。

斗宿ではよく動き回っていたので、男ばかりの麒麟寮でも特に運動能力の差を感じることもなかったのに。

「落ち着け、董胡。ゆっくり片足を上げて蒼天の背に乗せればいい」

「は、はい。大丈夫です」

全然大丈夫ではないのだが、黎司に迷惑をかけまいと虚勢を張ってしまう。

「片足は鐙にかけたまま、うつ伏せに向きを変えて胸と腹を蒼天の背に乗せるのだ」

「は、はい」

なんとか反対の足をこちらに回すことができてほっとする。

そして体の向きを変えようと鐙に置いた足で踏ん張ろうとすると。

「えっ!?」

いつの間にか鐙から足が抜けてしまっていた。

「わ！　わあああっ！」

踏ん張り損ねた足が宙を掻《か》いて、そのまま体勢を崩す。

「董胡！」

慌てた黎司が董胡の背を受け止めようとして、そのまま一緒にひっくり返った。

「陛下っ!!」

今まで呑気《のんき》に眺めていた空丞と翠明も、驚いて駆け寄る。

「ご無事ですか、陛下！」

「董胡殿、大丈夫ですか！」

目の前の景色が目まぐるしく変わり、最後に澄んだ青空を映して止まった。

その雲一つない青空に、心配そうな翠明と空丞の顔が現れる。

ついでに蒼天の長い鼻先までこちらを覗《のぞ》き込んでいた。

「いたた……。ん？　痛くない？」

あれ？　と上半身を起こすと、董胡の腰をがっしりと摑《つか》む腕があった。

「え？」

恐る恐る自分が組み敷いているものを振り向いて見ると……。

「へ、陛下っ！」

黎司が董胡を庇《かば》うように下敷きになっていた。

「わ、わあああ！　ごめんなさい！」

慌てて飛び退こうとしたものの、まだ黎司の腕が董胡の腰を摑んでいて動けない。

「ご無事でございますか、陛下」

「お怪我はございませんか？」

空丞と翠明が青ざめた顔で尋ねた。

「ごめんなさい！　すみません！　そんなつもりじゃ……」

董胡は蒼白《そうはく》になって謝った。しかし。

「はは……ははは……」

黎司は地面に寝転がったまま、おかしそうに笑い出した。

「陛下……。どこか頭を打たれたのでは……」

「すぐにお手当を……」

心配する空丞と翠明を制するように黎司は手を上げた。

「案ずるな。大丈夫だ。この程度で怪我をするほど軟弱ではない」

「しかし……」

「董胡は大丈夫だったか？　怪我はしていないか？」

黎司はまだ可笑《おか》しそうにしながら、董胡に尋ねた。

「わ、私は大丈夫です。それよりも陛下が……」

「はは……。そうだな。どうやら私はそなたに馬乗りにされる運命のようだ」

言いながらもまだ笑っている。

馬乗りではないが董胡は腰を摑まれたまま、まだ黎司を下敷きにしていた。

「そ、そんな運命、命がいくつあっても足りませんよ」

皇帝に馬乗りになるなんて、本来なら不敬罪に問われてもおかしくない。

しかも二回目となると死罪確定だ。

「まだ死にたくないので腕を離してください」

離れたくても黎司の腕が董胡の腰に巻き付いていて身動きが取れない。

「さて、どうしたものか。そなたはしっかり摑んでおかないとすぐにどこかに行ってしまいそうだからな。このまま離さないでおこうか」

そう言いながら、腰に回された腕に一瞬ぐっと力が入ったように思えた。

「陛下……」

畏《おそ》れ多いほど神々しい顔《かんばせ》で、まるで聞き分けのない駄々っ子のようなことを言い出す。

ふざけているのかと思ったが、切なさを浮かべたような視線にどきりとして、董胡は何も言い返せないまま黎司を見つめ返していた。

何かが今までと違う。

こんな風に目を合わせることなんて何度もあったけれど、今日の黎司はどこか甘い熱のようなものを帯びているように感じて思わず目をそらしてしまった。

今までと違うのは董胡の方かもしれない。

どうしようと困っていると、ようやく腰に回された黎司の力が弱まり、何事もなかったかのように董胡から手を離した。

「冗談だ。ほら、立てるか？」

董胡は自由になった体で黎司の上から飛び退いた。

空丞と翠明は、すぐに黎司の体を起こし怪我がないか確かめている。

帝《みかど》を怪我させたとなったら、そばにいた翠明や空丞もただでは済まない。

本当にとんでもないことをしてしまった。

「申し訳ございませんでした」

「謝るな、董胡。私がそなたを助けたくてやっただけだ。助けよと命じたわけではないのだから、そなたには何の落ち度もないことだ」

「私が董胡殿を助けるべきでございました。申し訳ございません」

「いえ。私が少し離れた位置で見守るよう空丞将軍に頼んでいましたので、私の落ち度でございます」

空丞と翠明が代わりに頭を下げる。

「誰のせいでもない。私が自分で董胡を守りたかったのだ。まったく……これだから皇帝などという立場は面倒なのだ。守りたい者ぐらい自分で守らせてくれ」

黎司は呆《あき》れたように肩をすくめた。

「守りたい者……」

董胡は黎司の言葉に不覚にも、ときめきのようなものを感じてしまった。

（な、何を勘違いしているんだ、私は。レイシ様はそばに仕える者の誰にでもお優しい方なだけだ。特別な意味なんてないのに）

無意識に特別な意味を求めてしまっている自分が恥ずかしい。

そんな董胡の頭をいつものように黎司がぽんと撫《な》でる。

「私が鼓濤や朱璃よりもそなたが心配だと言ったのはこういうことだ。皇帝の后《きさき》である鼓濤や朱璃に、誰も乗馬などさせないだろう。無茶な要求をされることもない。大勢の侍女や従者達が蝶《ちょう》よ花よと守り、世話を焼いてくれる。だが薬膳師《やくぜん》であるそなたには、これぐらいできて当たり前だと無茶なことを命じられることもある。そしてそなたも、それに応《こた》えようと無茶をするだろう？」

「…………」

黎司の言う通りだ。

男であり、平民医官である董胡にならできて当たり前なことがたくさんある。

ずっと男達に引けをとらないように頑張ってきたけれど、歳を重ねるごとにどうにも埋まらない差を感じることが多くなってきていた。

それでも后の専属薬膳師として暮らしていればなんとか誤魔化せた。

しかし后宮以外の人々と関われば、無茶なことを命じられることもあるだろう。

青龍行きでは、なんだかんだと尊武が守ってくれていた。

董胡が女だとばれると尊武も面倒なので仕方なくだろうけれど。

白虎行きは尊武がいないから気が楽だと安心していたが、尊武がいないからこそもっと気を付けなければいけないことがたくさんあるのかもしれない。

まるでそんな危険をすべて分かっているように黎司は言う。

「できないことはできないと言えばいい。みなそれぞれに得手不得手があって当然だ。世の男達が当たり前にできることを、そなたができなくとも恥じる必要はない。だからくれぐれも、できないことをやろうとするな。分かったな？」

ぽんぽんと頭を撫でながら、黎司は董胡に微笑んだ。

「……はい……」

肩ひじ張って男達と同じことができるようになろうと思っていたけれど、無理に同じことができなくてもいいのかもしれない。

黎司に言われると、ずっと力んでいた肩の力が抜けていくような気がした。

そしてずっとこの温かさに包まれていたいなどと思ってしまう。

（はっ。何を甘えているのだ、私は）

そんな自分に気付いて、慌てて気を引き締める董胡だった。

◆

「董胡を白虎に行かせてよいのですか？」

蒼天の散歩を終えて皇宮に戻ってきた翠明は、黎司に尋ねた。

「だめだと言っても行くだろう、董胡は」

無理やり止めようとすれば、青龍へ行く時のように自分の前から消えると言われるかもしれない。それが恐ろしかった。

「それにしても、董胡が女性だと言われて最初は驚きましたが、そう思って見てみると確かにそうですね。今まで気付かなかったのが不思議なぐらいです。董胡ほど華奢《きやしや》な男もいますが、首筋や手首などの線の細さは成人男性ではあり得ないですね」

翠明は少し前に黎司に打ち明けられ、先日の楊庵への詰問で確信を得てから、改めて今日の董胡を観察していた。

「まだ少年ということと、体の線を隠す袍服《ほう》、それに顔の小ささを隠す角髪《みずら》頭でなんとか誤魔化してきたのだろう。だが、成人の年齢に達してしまえば、その誤魔化しも利かなくなる」

成人になれば耳の両脇で結っていた髪も頭上で一纏《まと》めにして結ぶようになる。

そうすれば顔の小ささや首の細さが今以上に露《あら》わになる。

それに少年だからという言い訳も通用しなくなってしまう。

「董胡は今のまま誤魔化せると思っているのでしょうか？」

翠明は不安げに問いかける。

「女性でも青龍のように日頃から鍛えていれば多少は誤魔化せるのかもしれない。青龍では馬に乗ることのできる女性も多いと聞く。だが、董胡のように薬膳師として過ごしていくなら筋力の差はどんどん歴然としてくるだろうな。誤魔化しきれまい」

董胡の筋力を確かめたいということもあって、今日は蒼天に乗せてみたのだった。

「董胡は……もしかして、近い内に私の前から消えるつもりなのかもしれない」

黎司は呟《つぶや》いた。

ずっとその不安が消えない。

以前に見た祈禱殿《きとう》での夢が忘れられずにいた。

あれは年初の祝詞《のりと》を奏上していた時だった。

突然呼んでもいないのに魔毘《まび》が現れ、銅鏡に尊武が映し出された。

そしてどういうわけか、その腕に董胡を抱えていた。

董胡は悲しそうにこちらを見て「ごめんなさい」と呟いて尊武と共に去っていってしまった。そうして黎司は目を覚ましたのだった。

あれは夢だったのか、それとも先読みだったのかいまだに分からない。

だがその直後、董胡は尊武に連れ去られるようにして青龍の角宿に特使団の一人として行ってしまった。

あれはそれを暗示する夢だったのだと思っていたが……。

なにかしっくりこないものが残っている。

その焦りと不安が、黎司を駆り立てていた。

「董胡が成人する前に女性医師を育てる麒麟寮を開設する。董胡が堂々と薬膳師を名乗れる制度を大急ぎで作る。すでに殿上《てんじょう》会議では議案に出している。次の会議では詔《みことのり》を出す予定だ」

思ったとおり玄武公があれこれと文句をつけて議論を進めないようにしているが、水面下で賛同する者を増やしていた。

「ええ。朱雀公と白虎公は今回の『后詣《もう》で』を許可することと引き換えに、賛成を表明する と約しました」

前妻に言われて何が何でも許可してくださいと泣きついてきた朱雀公は容易に応じた。

そして朱雀の人気芸団が后行列を伴ってやってくることで、かなりの経済効果を見込める白虎公も、先日の雪白の不始末のこともあって今回は素直に応じた。

医師不足に悩む青龍公も、反対するつもりはなさそうだ。

玄武の反対票を残して、議案の成立はほぼ確定していた。

「董胡が消えなくても済むように、私が居場所を作る。董胡が白虎から戻ったら驚かせてやるつもりだ」

そのためにやることは山積みだった。

しばらく忙しくて后宮に通う機会も減ってしまうだろう。

だから后達がその間に、少しばかり后詣でで気晴らしをできるならいいかもしれないと思っていた。

どうせなら后全員を行かせてやりたいが、まだ体が本調子ではない青龍の翠蓮《すいれん》と、謹慎中の白虎の雪白は残念ながら留守番ということで皆納得している。

「董胡が白虎から戻ったら、麒麟寮の最初の女性医師になることを提案してみましょう。名を変えて私の養女にすれば、麒麟の貴族医師として働く道もあるでしょう」

「そうだな。今まで翠明の養子になる話を断っていたのは、董胡が女性であることを隠していたからだろう」

「はい。もう隠さなくていいのだと知れば、きっと受け入れるはずです。貴族医師であれば陛下の専属薬膳《やくぜん》師にもなれます。董胡も喜ぶことでしょう」

「喜んでくれればいいのだが……」

それでもまだ黎司は何か釈然としない不安が残っていた。

「ともかく、今は女性の麒麟寮を作ることに尽力しよう」

「はい」

そうしていよいよ鼓濤と朱璃が出発する日がやってきた。

# 四、子宝祈願の后行列

出発の日は、朝から皇宮の大庭園で見送りの儀が行われた。

前回の青龍への特使団の派遣の時も華やかだったが、后行列《きさき》はさらに華やかだった。

大庭園の真ん中には鼓濤と朱璃が乗った黒と朱の豪華な輿《こし》が、大勢の侍女と護衛を従えて置かれていた。侍女達の煌《きら》びやかな表着と扇が、色とりどりに庭を彩る。

王宮を出る前に牛車《ぎっしゃ》に乗り換えるのだが、皇帝の見送りの言葉を受けるために輿に乗って挨拶《あいさつ》に参上していた。

十段ほどの広い階《きざはし》の上には大座敷があり、いつものように帝《みかど》を中心に四公《しこう》と重臣達が並んでいる。

子宝祈願といえども公式の行事のように厳《おごそ》かだった。

「道中、気を付けて参るのだぞ」

黎司の御言葉を受け、鼓濤と朱璃は輿の中で平伏する。

居並ぶ侍女達も平伏し、従者達は拝座の姿勢のまま恭しく受け止めた。

「我が后達を頼んだぞ」

黎司はさらに一番前で拝座する赤い武官服の男に声をかけた。

「はい。必ずやご無事に連れ帰って参ります」

朱雀の赤軍の総大将だった。

今回は朱雀の赤軍が護衛として付き添うので黄軍はいない。

その代わり、楊庵をはじめとした麒麟の密偵が陰から守ってくれているようだ。

后詣でとしては充分すぎるほどの警備だった。

(レイシ様。必ず戻って参ります)

董胡は輿に掛けられた御簾《みす》の隙間から黎司を見つめていた。

しばらく会えないと思うと、やっぱり寂しい。

けれど、もう黎司に嘘をつかなくていい自分になって戻ってきたいと思う。

(どうか待っていてください)

こうして董胡達は黎司と重臣達に見送られながら出発した。


「はああ〜、朝から堅苦しい挨拶ばかりで疲れましたね、鼓濤様《きょうそく》」

王宮を出る前に牛車に乗り換えると、朱璃はやれやれと脇息にもたれかかって呟《つぶや》いた。

后宮を出る前には、玄武公と朱雀公の挨拶もそれぞれ受けている。

玄武公は苦虫を噛《か》み潰《つぶ》したような顔で、形だけの挨拶をして去っていった。

嫌みの一つでも言われるかと思ったが、最近は妙に大人しいことが気になっている。

尊武も黎司の後ろの大座敷の端で、型どおりの挨拶をしただけだ。

この二人が大人しいと、却《かえ》って不気味だ。

「もう、姫様ったら。いきなり寛《くつろ》ぎすぎですわ」

牛車の中では、侍女頭の禰古《ねこ》がいつものように朱璃に小言を言っている。

「でもなんとか無事出発できて良かったですね、朱璃様」

鼓濤姿の董胡もほっと一息ついた。

「本当に。よく陛下が許してくださったことですわ」

王琳が呆《あき》れたようにため息をついた。

牛車には后二人とそれぞれの侍女頭が乗っていた。

その他の侍女達は後ろから輿に乗ってついてきている。

本当は侍女一人ぐらい留守番に残さなければならないのだろうが、侍女の数が圧倒的に少ない鼓濤は、茶民《ちゃみん》も壇々《だんだん》も連れてきた。

どちらか一人を置いていくなんて可哀そうでできなかったのだ。

なにせ二人共、初めての外出、初めての后詣《もう》で、初めての白虎ということで、董胡以上に楽しみにしていた。

壇々は白虎の美味《おい》しい食べ物を食い尽くすつもりらしいし、茶民はせっせと貯めていた小金を使う時が来たと、珍しく太っ腹になって全財産を懐に詰め込んでいた。

「行列が動き出しましたわ。見て下さいませ。沿道に大勢の人が見送りに来ていますす」

禰古が小窓の御簾を少し上げて外を眺めると、嬉《うれ》しそうに声を上げた。

「どれどれ？」

朱璃も覗《のぞ》いてみる。

「本当だ。赤軍の列で見えにくいけれど、すごい人ですよ。見てごらんなさい、鼓濤様」

朱璃に誘われて董胡も外を見てみる。

牛車の外には赤軍が二列になって護衛していたが、その向こうに拝座の人々がいて、その後ろには子供達が立ち上がって手を振っている。

后の行列は皇帝や四公ほど堅苦しくなく、沿道の人々も笑顔に溢《あふ》れていた。

さらに「わあっ！」と歓声が上がる。

なんだろうと見ると、赤軍の外側に大道芸の人々が出てきて、派手な衣装を着て玉乗りをしたり長い竹馬で歩いたりしている。

そうなると一応拝座していた大人達も手を叩《たた》いて歓声を上げ始めた。

大道芸は董胡達の牛車を追い抜いて行列の先頭で人々を楽しませているようだ。

大道芸の後には、舞妓《まいこ》達がひらりと揺れる衣装で舞い踊って通り過ぎていく。

沿道の人々は朱雀の芸団にすっかり魅了されて大喜びだった。

「すごい。朱雀の興行ってすごいね、朱璃様」

董胡も初めて見る芸団の興行風景をすっかり楽しんでいた。

「旺朱《おうしゅ》が董胡もいるって言ったら張り切っていましたからね」

「旺朱⁉　旺朱も来ているの？」

旺朱は朱雀に密偵として行った時に会った、朱璃の弟だ。

軽業師『傀儡《くぐつ》法師』を名乗り、曲芸を披露する一団を作っている。

「久しぶりだな。旺朱の一団もいるなら心強いね」

旺朱の一団は軽業師ゆえに敏捷《びんしょう》で、朱雀でも密偵のようなことをしていた。

運動能力という点では、麒麟の密偵よりも優れているかもしれない。

「綺羅も旺朱も、あなたが玄武の后だとは知りませんからね。そのように振る舞ってくださいよ」

「はい。分かっています」

ここにいる四人と、茶民と壇々しか董胡の詳しい事情は知らない。

朱璃の身内といえども軽はずみに話せることではない。

ばれないように心して過ごさなければならないだろう。

牛車の外では再び「わああっ！」という歓声が上がっている。

今度は舞楽装束の男達が剣舞をしながら練り歩いているようだ。

太鼓と鉦《かね》の音も聞こえている。

董胡達の牛車は特等席で流れていく芸団を楽しむことができた。

沿道の人々もとても楽しそうだ。

「お后様〜！」と呼びかける声も聞こえてきた。

「ご無事にお帰りくださ〜い」と声を張り上げている人々もいる。

さらに「皇帝陛下、ばんざーい！」と大合唱している人々もいた。

民達の熱気に圧倒される。

「すごいね。王宮にいると分からないけれど、民は皆、陛下を慕っているのだね」

王宮の中には皇帝を軽視するような貴族も多いけれど、一歩外に出ると黎司は民達に強く支持されていた。

敵ばかりと思っていたけれど、こんな風に民に慕われているなら嬉しい。

「民はみんな地域の麒麟の社と密接に結びついています。各地に派遣された麒麟の神官達が帝を信奉している限り、民は陛下の味方ですよ」

玄武公も弟宮を立てて王宮を牛耳ろうとはしているものの、自分が皇帝に成り代わろうとまでは思っていない。

結局麒麟の皇帝という血筋には勝てないことが分かっているのだ。

だから、先帝のように自分が操れる皇帝を立てたいのだろう。

「民達は貴族のような私利私欲ではなく、純粋に皇帝を崇《あが》めていますからね」

朱璃はどこから出してきたのか酒をお猪口《ちょこ》に注ぎながら告げる。

「まあ、姫様！　いつの間にお酒を？　禁酒なさっていたのではなかったのですか」

禰古が目を吊《つ》り上げて文句を言っている。

「今日ぐらいいいでしょう？　旅に酒はつきものですよ」

朱璃は気にすることなく、ぐいっと猪口の酒をあおった。

「鼓濤様も一杯いかがですか？」

すっかり旅気分で尋ねられた。

どうも朱璃は今回の旅の趣旨を忘れているような気がする。

「い、いいえ。私はそこまで寛ぐわけにはいきませんよ。董胡になった時、酒の匂いをぷんぷんさせていたら怪しまれるでしょう」

だいたい酒に強いわけでもない。

「つまらないですねえ。妓楼《ぎろう》では、いい女はみんな酒に強いですよ。鼓濤様も陛下を手の上で転がすためには、酒ぐらい呑めなくてはだめですよ」

「べ、別に陛下を手の上で転がそうなんて思っていませんよ！」

朱璃の恋愛観はいつも妓楼目線なので困る。

「妓楼も後宮も同じですよ。したたかさが無くては生き残れませんよ」

「それはそうかもしれませんが……」

「私はこの旅で、鼓濤様に殿方を虜《とりこ》にする技を伝授する覚悟で参りました」

「そ、そんな覚悟いりませんよ」

なんだか嫌な予感しかしない。

「そもそも鼓濤様は色気が足りませんよ。その点だけは、雪白様を少し見倣った方がよいかと思うほどです」

朱璃はすでに五杯目の酒をあおりながらくだを巻く。

「ちょ、ちょっと、呑《の》みすぎでございますわ、姫様」

「少しお水を飲まれた方が良いのでは……」

禰古と王琳が困ったように酒瓶を取り上げようとしているが、聞く耳を持たない。

「お顔は亡き濤麗《とうれい》様と瓜二《うりふた》つなのですから、素材は極上なのです。濤麗様もお転婆なところはありましたが、殿方を惹《ひ》きつける色気がございました。うーん、何が違うのでしょう？」

朱璃は酔いですわった目で董胡をじっと見つめる。

「そ、そりゃあ私は平民育ちですから。しかもずっと男として暮らしてきたのですから姫君として育てられた方とは根本が違いますよ」

自分でも分かっている。

雪白や華蘭《からん》などには、どう足掻《あが》いても敵《かな》わない女性としての敗北を感じている。

感じるけれど、そうなりたいとも思わないのだから仕方ない。

「鼓濤様の中にはまだ男が残っているのですよ。それが邪魔なのです」

「そうは言っても、私にとっては男として過ごす方が自然なのですから……」

しなをつくって色気を出すことを拒絶する自分がいる。

董胡である部分が無くなってしまうのなら、もうそれは自分ではないような気がした。

そうまでして黎司に好かれることが幸せとは思えなかった。

「そうか。分かりましたよ！」

朱璃はどんと空になったお猪口を下に置いて叫んだ。

「な、なにがですか！」

その隙に禰古と王琳がお猪口と酒瓶を急いで隠している。

「朱雀の舞妓達も、元々は平民育ちの貧しい子が多いのです。けれど舞を習って所作を覚えると、その辺の姫君よりも艶《つや》のある振る舞いができるようになるのです」

「確かに朱雀の舞妓達はみんな所作が美しいですけど……」

何の話だろうと聞き流す。しかし。

「鼓濤様に舞を教えましょう！」

「は？」

朱璃の発想の展開についていけない。

「舞の動きを覚えれば、自然に女性らしい振る舞いが身につくことでしょう」

「いや、無理ですよ。舞なんてやったこともないし」

本当に旅の趣旨を忘れているようだ。

「大丈夫。私が手取り足取りみっちり教えて差し上げますから」

「いえ、結構です」

「この道中で、鼓濤様を立派な舞姫に育てあげましょう！」

朱璃はいい人で大好きだけれど、思いついたら人の話を聞かないところが難点だ。

「いえ。お忘れだと思いますが、私は白龍様を捜すために白虎に行くのですよ。子宝祈願も芸団の興行も、口実の一つです。舞を覚えてどうするのですか。え、ちょっと、朱璃様。聞いていますか？」

朱璃はいい案が思いついたと満足したのか、すでに寝息を立てている。

「す、すみません、鼓濤様。久しぶりにお呑みになったので寝てしまったようです」

禰古が申し訳なさそうに謝りながら朱璃に掛け布を被《かぶ》せた。

「…………」

起きた時に今の話を忘れてくれていればいいが、と思いながら董胡はため息をついた。

# 五、昴宿の百滝の大社

后《きさき》行列は麒麟の領地を出て白虎に入ると、ますます沿道を賑《にぎ》わせながら進んだ。

朱雀の芸団の一部は、后行列よりも一足早く町に入っては大道芸や剣舞を披露して日銭を稼いでいるようだった。実際は町に危険がないか、后行列より先に入って偵察する役目も負っているらしい。

行列は赤軍と連携しながら万事順調に進んでいた。

道中は牛車《ぎっしゃ》の御簾《みす》ごしに外を眺めるだけで、残念ながら白虎の表向きの町並みしか分からなかったが、沿道の人々はどこも大歓迎してくれて民達の活気だけは感じ取ることができた。

「あれだけ歓迎してくれているのだから手ぐらい振ってあげたいところですが、皇帝の后が気軽に顔を見せるわけにもいかず残念ですねえ」

紅拍子・光貴人として一世を風靡《ふうび》した朱璃としては、大観衆に応《こた》えたくなるらしく、禰古の目を盗んで牛車の小窓から何度か顔を出そうとしたものの、ぎりぎりで止められていた。酒瓶ももちろんすべて取り上げられている。

「よして下さいませ。姫様はもう紅拍子ではなく、皇帝のお后様なのでございますから」

共に牛車で過ごす時間が長くなると、禰古の苦労が分かってくる。

「伍尭國《ごぎょうこく》で私ほど苦労している侍女頭はいないと思っていましたが、禰古様もなかなか大変でございますね」

王琳はこの道中で禰古にずいぶん親近感を覚えたようだ。

「分かって下さいますか、王琳様！　実を言いますと最初の頃、あなたのことを冷たい方かと誤解していましたの。こうして近くでお話ししてみますと、気遣いのできるとてもお優しい方でございましたのね。手のかかる姫君の侍女頭同士として、これからも仲良くして下さいませね」

「こちらこそ、困った時は助け合いましょうね」

侍女頭二人はすっかり意気投合したようだ。

そんな侍女頭二人を横目に、后達はよからぬ計画を話し合う。

「鼓濤様。大社に着いたら后の部屋を抜け出して、綺羅や旺朱に会いに行きましょう。見張りの赤軍にはすでに薬膳《やくぜん》師が出入りすることは伝えていますので安心して下さい」

「私は薬膳師姿に着替えるつもりですが、朱璃様はどうするのですか？」

「うふふ。実は、私も董胡とお揃いの袍《ほう》服をこっそり作ってもらったのです。私は朱雀の后の専属薬膳師になるつもりです」

「ええっ！　朱璃様も薬膳師に？」

……ということは朱璃も男装するということになる。

「同じ后の薬膳師として気の合う友人という設定です。その方が自然でしょう?」

「それはそうですけれど……」

ちらりと王琳と禰古に視線をやると、また無茶をしようとしている后二人をじとりと見つめている。本当にこの后達は、という表情だ。

董胡も本当に大丈夫だろうかと不安になる。

しかし、朱璃は人気の光貴人として若い娘達に追い回されていた経験から、注目される人間がどういう行動を取るべきか熟知していた。

旅の道中も、朱璃の周到な準備のおかげで問題なく過ごせている。

董胡は鼓濤としての顔を見られることを一番心配していたが、まったく問題なかった。牛車から出る時には、壺《つぼ》装束となって衣装を引き上げ、大きな蓑笠《みのかさ》に垂れ衣《ぎぬ》をつけたものを被《かぶ》る。貴族の姫君が従者達から顔を見られることはないが、后に至ってはその歩く姿さえも見られないように、通り道に幕を張って隠すように配慮されていた。

途中の隠れ家のような宿も快適で、后二人は誰に姿を見られることもなく心地よい部屋に案内され、后のために御簾のある御座所《おましどころ》がちゃんと用意されていた。

「素敵なお宿でございますね、鼓濤様。さすが朱璃様でございますわ」

心配性の王琳は、旅の手配をすべて朱璃任せにして大丈夫だろうかと思っていたようだが、滞りなく一日目の宿に到着できたことにほっとしていた。

鼓濤と朱璃それぞれに庭付きの個室が用意され、今は王琳と二人きりだ。

「吐伯《とはく》様が亡くなる少し前……」

王琳は篝火《かがりび》に照らされた美しい庭を眺めながら呟《つぶや》いた。

最近の王琳は、自分から亡き夫の思い出話をよくしてくれる。

「二人で白虎の大社に行こうと話していました」

「それは……今回の百滝の大社のこと？」

董胡は尋ねた。

「はい。子宝祈願で有名でしたから。それに私の暮らす壁宿《へきしゅく》からは大川を挟んで比較的近い距離でございました」

「子宝祈願……」

気遣う表情になる董胡に、王琳は柔らかく微笑んだ。

「子が中々できなかったのでございます。私は吐伯様に申し訳なく、他に妻を持って下さいとお願い致しました」

皇帝の后と同じく、貴族の姫君に求められる最大の責務は子を産むことだ。

どれほど家柄が良くとも、男児を産めない姫君は身を落とす世の中だった。

貴族の姫君とは最も華やかで、その一方で抗《あらが》えぬ運命に翻弄《ほんろう》される身分ともいえる。

「けれど吐伯様は頑として応じて下さらず、一緒に子宝祈願に行こうとおっしゃって下さいました。霊験あらたかな大社の水を飲めば、きっと子宝に恵まれるはずだと」

吐伯という人は、心から王琳を愛していたのだろう。

子を産めない姫君を、まるで不良品のように切り捨てる大半の貴族男性の中にあって、女性を一人の人間として尊重できる素晴らしい人だったに違いない。

「それがまさかこのような形で百滝の大社に行くことになるなんて、思いもしませんでした。皇帝のお后様の后詣《もう》でにお供するなんて、あの頃の私は考えもしませんでしたわ」

「そうだったのだね。辛《つら》いことを思い出させてしまったね」

白龍を捜す口実として、気安く子宝祈願に付き合わせてしまったことを申し訳なく思った。けれど王琳は大きく首を振る。

「いいえ。私は今回の后詣では、吐伯様が導いて下さったように感じているのです」

「導く？」

董胡はどういう意味だか分からず聞き返した。

「はい。きっと私の叶《かな》わなかった願いを、鼓濤様が代わりに叶えて下さるのです。私に授からなかった子を、鼓濤様がお産みになるのでございます。皇子となられる御子を、大切にお守りするようにと吐伯様が私におっしゃっているように感じています」

「お、王琳までそんな朱璃様みたいなことを……」

董胡はあくまで白龍を捜す口実だと思っているのに。

ようやく黎司に自分の正体を白状する決心がついてきたけれど、その後のことはまったく考えられない。黎司が知って、どういう判断を下すかも分からないというのに。

みんなの期待が重い。そんな董胡の気持ちに気付いたように王琳は告げた。

「どうか気重にならないで下さいませ。鼓濤様に重圧をかけようと思っているのではございません。ただ……吐伯様を亡くして絶望していた私が、新たな希望に溢《あふ》れているのだと……すべて鼓濤様のおかげなのだとお伝えしたかったのでございます」

「王琳……」

どんな理由であれ、王琳が希望を持てたなら嬉《うれ》しい。けれど。

「私は……子を産めるような人間だろうか？」

董胡は漠然と感じていた不安を初めて口にしていた。

「私はずっと男として生きるつもりでいたんだ。医術の勉強が好きで、薬膳料理を作ることが生き甲斐《がい》で、子供の頃に出会った陛下の専属薬膳師になることを目指してきた。それ以外考えられず、自分が誰かの子を産むなんて考えたこともない。そんな私が子を……しかも皇帝の子など産めるものだろうか？」

「鼓濤様……」

黎司がすべてを知った時にどう反応するのかも不安だが、それ以前に董胡が女性として生きていけるのかも自信がなかった。

「私はあまりに自然に男性として生きてきて、医生として世の中になじんできた。医術を学ぶ毎日が楽しくて、女性に戻りたいなんて少しも思わなかった。そんな私が女性として生きられるのだろうか？　いや、そもそも私は本当に女性なのだろうか？」

ずっと違和感のようなものを抱いている。

長年、卜殷と楊庵と共に暮らし、麒麟寮の男達と過ごしてきた。

村の娘や治療院の患者の女性などと接することはあったものの、母もなく女性と深く関わることのない人生だった。

鼓濤として女性ばかりに囲まれる生活になって感じるのは、あまりに自分が異質であるということだ。

「茶民と壇々は大好きだよ。家柄のいい殿方に見初めてもらいたいと夢見ている二人は健気《けなげ》で可愛いと思う。いずれ良き母となって平穏に暮らすことを最高の幸せと思っていることも理解している。けれど、私はどうしてもそれを最高の幸せだと思えないんだ。たとえ、それが皇帝の后《きさき》であったとしても……」

黎司は好きだけれど、皇帝のお渡りを待ち続け皇子を産み育てることだけを生き甲斐に、自分の努力だけではどうにもならないことを望む日々は想像がつかない。

当たり前のようにそんな日々を望む姫君という者に、共感できなかった。

「雪白様が懐妊したかのように偽ってまで帝《みかど》の気を引こうとした気持ちも、私は全然分からなかった。みんなは当たり前のように雪白様の心情を理解しているようだけれど、私は今も得体の知れない人だと感じている。きっと一生分からない」

だから思うのだ。

「王琳。私の心は……本当に女性なのだろうか？」

思考も発想も男性寄りで、体だけが女性なのではないかと思うことがある。

黎司に対するときめきも、憧《あこが》れの延長上にある感情かもしれない。

なぜなら黎司の寵愛《ちょうあい》だけを頼りに生きたいとは思えないのだ。

「私は……きっと王琳が望むような后にはならないよ。帝の妻は私一人じゃない。他の后と争って帝の寵愛を奪いたいとも思わない。振り分けられた帝の寵愛を待って暮らす日々に、いずれ疲れて逃げ出したくなる。私は他の姫君のように、我が夫のために自分のすべてを捧《ささ》げることなんて出来ないんだ。こんな私が皇帝の后になっていいのだろうか？　私にはそんな資格などないような気がして仕方がないんだ」

黙って聞いていた王琳は、やがて静かに口を開いた。

「それで……鼓濤様は皇帝の后になることにどこか消極的だったのですね」

そしてやっと分かったという風に肯《うなず》く。

「鼓濤様は勘違いをしていらっしゃいます」

「勘違い？」

董胡は首を傾げた。

「はい。貴族の姫君は、幼い頃から姫君になるべくして育てられているのです。いずれ良き夫の許《もと》に嫁ぎ男児を産むことが誉《ほまれ》だと何度も何度も言い聞かされ、それ以外の幸せを望むなどはしたないことだと呪文のように言われて育つのです。私もまた、そのような姫君の一人として育ちました。けれど子供ができず、私は姫君として当たり前のことができない落伍者《らくご》だと自分を責めました」

王琳は当時のことを思い返して目を伏せた。

「だから苦しいけれど、吐伯様に子が産める別の妻を持って下さいとお願いしたのです。しかし吐伯様はおっしゃいました。『子を産ませるためにあなたを妻に選んだのではない。跡継ぎが必要なら養子を迎えればいいのだ。私の妻は王琳だけでいい』と」

王琳は切なげに微笑んで続けた。

「けれど私は吐伯様の血を継ぐ子を生《な》せない自分を恨みました。ただただ申し訳なく、臥《ふ》せっている私に、吐伯様は診療所の手伝いをしてくれないかと言いました。兄の影響で医術の知識があった私が手伝ってくれれば助かると。今思えば、吐伯様は子ができず沈んでいる私に生き甲斐となるものを探して下さったのでしょう」

そういえば王琳は姫君として異例なことだが、吐伯の診療所を手伝っていたのだった。

「最初は渋々でしたが、診療所の人々が私を頼りにしてくれるようになって、いつしか私は仕事に遣《や》り甲斐を感じるようになっていました。気付けば子ができないこともどうでも良くなって、このまま吐伯様と二人で診療所をやっていく人生の方が自分に向いているのではないかとすら思っていました。だから子宝祈願に出掛けるのも、子供が授かることよりも吐伯様と二人で旅をすることの方が楽しみだったのです」

王琳はすでに姫君としての別の生き方を見つけていたのだ。

「そして気付いたのです。私は最初からこういう生き方をしたかったのだと。自分の能力を最大限生かせる場所で働くことが好きなのだと」

「吐伯様を愛していても？」

董胡の問いに王琳は深く肯いた。

「なぜ貴族の姫君だけが、夫を愛し子を産み育てる以外の生き甲斐を持ってはいけないのでしょう。それはそう思わせておくことが都合のいい人々によって作られた思い込みです。本当は茶民も壇々も、雪白様も、その思い込みを取り去った奥に、本当に遣り甲斐のある何かを持っているのかもしれません。けれど、今の世は姫君にそれを許してくれないのです。だから皆他の選択肢を与えられず、仕方なく従っているのです」

「じゃあ……私が女性として何か欠けているのではなくて？」

王琳は微笑んだ。

「むしろ鼓濤様こそが余計な洗脳を受けずに育った、まっとうな女性ではないかと私は思うのです。だからこそ鼓濤様のような方が皇后になられたら、多くの姫君が、作られた常識に苦しむことなく、もっと自由に生きられる道を作れるような気がするのです」

「私が……」

どちらかというと、自分は女性としてどこか欠陥があるのだと思っていたのに。

「どうかそのままの鼓濤様で皇后になって下さいませ。そして苦しむ女性達を解放する道しるべとなって頂きたいのです」

「私が女性の道しるべ……」

そんなことを考えたこともなかった。

出来損ないの女性だと、ずっと引け目を感じていたのに。

いまだに燻《くすぶ》っていた后という立場に対する不安が、ずいぶん軽くなった気がする。

后詣《もう》でに行けば自分の中の何かが変わるような気がしていたが、もしかしたら王琳のこの言葉を聞くための旅だったのかもしれない。

何かが吹っ切れたような気がする。

「ありがとう、王琳。少しだけ、女性である自分を認められるようになった気がするよ」

その時、回廊から賑《にぎ》やかな声が聞こえてきた。

「鼓濤様〜。やっとお部屋に辿《たど》り着きましたわ」

「ずいぶん遠くに輿《こし》を下ろされて、離れの部屋まで迷ってしまいました」

后達の牛車《ぎっしゃ》とは別の輿で宿に到着した茶民と壇々は、案内もないまま迷っていたらしい。

蓑笠《みのかさ》を取ってぐったりと畳に腰を下ろした。

「途中で黒ずくめの男性に声をかけられましたのよ。びっくりしました」

「薬膳《やくぜん》師の董胡はどこにいるか知らないかと聞かれました」

「ああ……」

それはきっと密偵姿の楊庵だ。

「薬膳師はお后様と一緒の牛車ですと答えましたけれど」

「言っても良かったのでしょうか?」

楊庵には牛車に乗ることを話していなかったので、董胡として行列を歩くと思っていたのかもしれない。

「うん。それはきっと麒麟の密偵だから大丈夫だよ」

「まあ！　あれが麒麟の密偵でしたの？　ずいぶんお若くて美丈夫な方でした」

「初めて見ましたわ！　背が高くて精悍《せいかん》なお姿でしたわ」

　茶民と壇々はきゃいきゃいと騒いでいる。いつも通りかしましい。

「途中まで案内してくれましたのよ。親切な方ですわ」

「麒麟の密偵というのも良いですわね。ああ、素敵」

　惚《ほ》れっぽいところもいつも通りだ。

「それより道中に美味《おい》しそうな団子屋がありましたわ。香ばしい匂いがして、輿を停めて買いに行こうかと思いましたの」

「私は珍しい舶来の小物屋が気になりましたわ。たくさん買って帰れば、王宮で高く売れそうでしたのに……」

　輿に乗った二人は、牛車よりも高い位置から通りが見渡せたようだ。

　相変わらずの二人がいるだけで、場が賑やかになる。

　そういえば、この二人も董胡が出会ったばかりの頃は抑圧された型どおりの姫君だったが、この半年でずいぶん個性を解き放つようになった。

まだ良い縁談を見つけることを目標に掲げているけれど、以前ほどそれがすべてだと思っていないのかもしれない。

董胡に出会って姫君の抑圧から少しでも解放されたなら、王琳の言う道はすでに作られ始めているのかもしれない。

自分のあるべき道が、また一つ見えたような気がして董胡は王琳と微笑み合った。

「なんでございますか？　お二人で嬉《うれ》しそうに微笑み合って」

「さては二人だけで何か美味しいものでも食べたのでございますわね」

茶民と壇々が言い募る。

「はは。違うよ。二人が楽しそうで嬉しいだけだよ」

「もう。どういう意味でございますか？　鼓濤様ったら」

こうして侍女達と共に賑やかな道中を楽しんだ。

旅はすこぶる快適だった。

途中のどの宿も調度や中庭の趣味も良く、皇帝や貴族専用の常宿となっているようだ。

そうして数泊の後に、滞りなく牛車は昴宿にある大社に辿り着いたのだった。

「うわあ。すごいところだね」

董胡は蔀《しとみ》を上げて、目の前に広がる壮大な景色を眺めながら、思わず嘆息した。

后《きさき》の部屋からは、聳《そび》え立つ山々から流れ落ちる幾つもの滝が見えていた。

　この大社は三百段もの階段の先に建っていて、さらに二階部分にある特別室の鼓濤と朱璃の部屋からは、裏山の虎威大山を仰ぎ見ることができる。

　視界を遮るもののない景色には、百滝のうちの十ほどの滝が遠くまで確認できた。

「なんと美しい景色でございましょう」

　王琳もこれほどの景色は初めてらしく、うっとりと感動している。

「ああ、夢のようですわ。これが白虎の百滝の大社ですのね」

「こんな素敵なところだと思ってもいなかったですわね」

　茶民と壇々も嬉しそうに景色を堪能《たんのう》している。

　麒麟の社といえば、董胡も密偵として寝泊りしたこともあるが、どちらかというと目立たぬようにひっそりと建っている印象だったが、ここは全然違う。

　御簾《みす》ごしに見えた社殿は、山の上に聳え立つ白塗りの立派な建物だった。

　朱璃の話では、大社と言われるところは帝《みかど》や貴族が泊まる場所でもあり、町や村にある社とは別物らしい。参拝者も多く、設備も行き届いていた。

「参拝者は三百段の階段を上ることでご利益があるのですって」

「まあ。私達は輿に乗ってきたからご利益が頂けないの？」

　茶民と壇々が残念そうに話し合っている。

　后と侍女は輿に乗り換えて、階段ではなく裏側の緩やかな坂道を運んでもらったのだ。

「ここは子宝だけでなく、縁結びのご利益もあると聞きましたわ」

「では夜中にこっそり町娘に変装して上りましょうか、茶民」

茶民と壇々は手を取り合って計画を立てていた。

「やめておいた方がいいよ。二人には三百段の階段なんて上れないから」

生まれた時から姫君暮らしの二人には到底無理だろう。

十段の階段もほとんど上ったことのない姫君達だ。

そんな貴族のために作られた裏道なのだ。

「大丈夫だよ。この後、祭主様から直々に祈禱《きとう》していただくのだから。ちゃんとご利益をもらえるはずだよ」

実際にご利益などというものがあればの話だけれど。

「ま、まあ、そうですわよね」

「ではきっと良いご縁に恵まれるわね」

単純な二人はすっかり信じているようだ。

董胡はさほど信じているわけではないのだが、『子宝祈願』を口実としてやってきたからには、朱璃と共にまずは祈禱して頂かねばならない。

この大社の神官の長である祭主と大宮司二人が執り行って下さるそうだ。

さすがに皇帝の后詣でとなると、祭壇に手を合わせるだけでは済まない。

「鼓濤様、お仕度を始めましょう。あまり時間がございません」

日取りの都合上、到着当日に子宝祈願の祈禱を受けることになっていた。

王琳はすでにてきぱきと湯浴《ゆあ》みの準備を始めていた。

まずは湯で体を清め、虎威大山の聖水で禊《みそぎ》をして白装束に着替える。

そうして朱璃と共に本殿で祈禱を受けるようだ。


祈禱の刻《とき》になると、厳かな鐘の音が鳴り響いた。

大宮司二人が鼓濤と朱璃の部屋にそれぞれ迎えにくると、整然とした回廊を白装束の后と侍女達が本殿に向かって歩いていく。

人払いしてあるのか、通り道には人の姿もない。

白い扇を開いて歩く姫君達の衣擦《きぬず》れの音だけが、しんとした回廊に響いていた。

頭上に飾る宝髻《ほうけい》から白い領巾《ひれ》が長く垂れて、ここでも顔は隠されている。

これらの衣装は、后一行のために大社で準備しておいてくれた。

(顔が見えないのはありがたいな)

董胡になって出歩いても、后と同一人物だと気付かれないのは助かった。

(それにしても広いな)

大きな建物だと思ったが、入り組んだ廊下があちこちに延びている。

出歩く時は、道順をよく覚えておかないと迷子になりそうだった。

やがて天井の高い広い空間に出ると、大きな祭壇があり、その前に真っ白な祭服に幾つも襷襟《たすきえり》をかけた男性が立っていた。

どうやらそれが祭主らしい。

案内の大宮司は少し手前で止まり、一礼して脇に下がった。

董胡と朱璃はそのまま進んで前に並び、その後ろに后の侍女達が並ぶ。

そして皆で跪《ひざまず》いて一礼した。

祭主は紙垂《かみしで》のついた祓串《はらえぐし》を振るい、すぐに祈禱が始まる。

目の前で振られる祭主の腕をちらりと見て、董胡は気になるものが目に入った。

（あざ？）

祭服の袖《そで》から見えた祭主の右腕に赤紫っぽい痣《あざ》のようなものが一瞬見える。それだけなら気にならないのだが、どういうわけか左腕にも広範囲の痣らしきものがあった。

（どこかで転倒して両腕をぶつけたのだろうか？）

それならば自然に消えていくだろうからいいのだが、ぶつけたわけでもなく二箇所に痣があるとしたら気になる。

（脾不統血《ひふとうけつ》の症状じゃないよね……）

脾不統血とは要するに脾の機能低下によって血液が漏れ出るような症状を示す状態だ。

具体的には痣ができやすい他に、鼻血、血便、血尿などがある。

治療としては、脾を強化するような食事と薬湯を摂《と》ることで回復することもあるが、重症になると黄疸《おうだん》がでたり、痙攣《けいれん》を起こしたりして死亡することもある。

（いや、考え過ぎか。腕の他には目立った痣もないようだし……）

せっかく祭主直々に祈禱してもらっているのに、こんな時まで余計なことばかり考えてしまう自分を心の中で窘《たしな》める。

董胡が色々考えている間も、しんとした本殿に祭主の重々しい祓詞《はらえことば》を奏上する声が響いていた。

続いて祝詞《のりと》の奏上が行われる。

董胡達は頭を下げて静かに祭主の奏上を聞いていた。さほど長い時間ではない。

それが終わると、最後に大宮司に手渡された玉串《たまぐし》を持ってそれぞれ拝礼し、お札を拝受すれば祈禱は終了する。

堅苦しい祈禱を終えると、后一行は本殿を出て別の一室に案内された。

そこで改めて祭主と大宮司の挨拶《あいさつ》を受ける。

「皆様、本日は遠いところをお運びくださいましてありがとうございます」

祭主は先ほどまでの重苦しい雰囲気と違ってにこやかに挨拶をした。

「申し遅れましたが、私はこの百滝の大社の祭主を務めさせていただいております、泰《たい》全《ぜん》と申します。この大社で生まれ、幼き頃より神官として働いて参りました。皇帝陛下には先々代の御代からお仕えしております」

董胡達は領巾《ひれ》で顔が隠れているが、祭主達の顔はよく見えた。

少し白髪交じりではあるが、肌艶《つや》がよく闊達《かったつ》な雰囲気を感じる。

ちらりと見えた痣で心配したが、病気を患っているような感じには見えない。

やはり董胡の考え過ぎだったようだ。

「長く務めて参りましたが、皇帝のお后様《きさき》がおいでになるのは初めてのことでございます。先代も先々代も、早々に皇子様がお生まれになって祈願をすることもなかったようでございますね。それは喜ばしいことですが、我らとしては残念にも思っていました。ですので此度《こたび》は仲良くお二人のお后様がおいでになると聞いて、神官一同、いいえ、昴宿の民も、白虎全体が喜びに沸いております。ようこそお越しくださいました」

泰全は流暢《りゅうちょう》に語り、人の好い笑顔で歓迎の意を表した。

白虎は商人の町だけあって、神官までも人当たりが良く、もてなし上手のようだ。

「数々の心遣い、感謝致します」

董胡と朱璃は頭を下げ、気持ちよく受け止めた。

「何か不自由なことがございましたら遠慮なくおっしゃってくださいませ」

「いいえ、不自由などございません。部屋からの眺めも素晴らしく、心地よく過ごしております」

「百滝の名の通り、幾筋も流れる滝が壮観でございますね」

朱璃の言葉を受け、董胡も感心したように同調した。

「お部屋から見えるのは百滝のほんの一部でございます。虎威大山に一歩踏み込めば、背丈ほどの小さなものから、遠く玄武の地に達する大河の源となるものまで様々な滝がございます」

「玄武の地まで？」

　董胡は驚いた。

「ええ。虎威大山の頂上付近から三段滝となって流れております。大河の先の一つが玄武の壁宿にある湖だと聞いております。お后様方にもお見せして差し上げたいのですが、足場が悪くお連れできないのが残念でございます」

　この白虎の中心地から玄武まで続く川があるのだ。なんとも壮大な話だ。

「こちらには十日ほど滞在されるのでございますね」

「はい。水取りに十日ほど必要だと聞きましたので」

　祭主の問いには朱璃が答えた。

　道中、朱璃に聞いた話では、祭主の祈禱が天に届くと大願成就の雨が降るそうだ。

　そしてその雨を含んだ滝の水を飲むことで、願いが叶《かな》うらしい。

　つまり雨が降らなければ子宝祈願は終わらない。

「ここは普段から雨の多い地でございます。特にこの時期は一年でも一番雨の多い季節です。三日もせぬうちに雨が降ることでしょう。ご安心くださいませ」

　万寿が言っていたように、やはり雨が多いようだ。

「すぐに雨が降ったとしても、十日は滞在するつもりでおります」

　本当は水取りのためでなく白龍を捜すために確保した日程だ。雨が降ったからといって帰るわけにはいかない。

「もちろんでございます。朱雀の芸団もお連れくださったことですし、境内にて観覧いただく日も設けております。ご身分ゆえに街歩きはできませんが、目利きの商人を呼んで土産品なども揃えさせましょう。楽しんでお過ごしくださいませ」

晴れたら三日目に綺羅のお披露目が予定されている。

それを皮切りに白虎の町々で興行を予定しているそうだ。

その後、芸団はしばらく白虎に滞在するそうで、董胡達は先に王宮に帰ることになっている。

「ところで……」

口調を変えた朱璃に、董胡ははっとした。

「こちらに不思議な神通力を持つ神官様がいると噂に聞いたのですが……」

祭主達への問答は、朱璃が任せてくれと言っていた。

「はて？　神通力を持つ神官でございますか？」

祭主は思い当たる人物がいないのか、首を傾げた。

「なんでも白龍様と呼ばれているとか……」

「…………」

朱璃がその名を告げると、祭主の顔が一瞬こわばったように感じた。

「白龍……。それはまた……ずいぶん昔に聞いたことがある名でございますが……」

そしてちらりと鼓濤の方に視線を向けた。

「ずいぶん昔というのは？」

朱璃は構わず続ける。

「十数年前でしょうか？　玄武の亀氏《きし》様がお捜しだと聞きました」

それはきっと濤麗が殺され、鼓濤が行方知れずになって捜索していた時だろう。

やはり玄武公はこの百滝の大社にも捜しにきたのだ。

その事情を知っているから、祭主は鼓濤に視線を向けたのだろう。

「それで見つかったのですか？」

さらに問いかける朱璃に、祭主は慌てて首を振った。

「いいえ。そのような方は知らないとお答え致しました。なぜ今頃になって、またそのような噂になっているのか……。どなたから聞かれたのでございましょうか」

祭主が探るように尋ね返した。

「芸団の中に占い好きの舞妓《まいこ》がいるのです。白虎によく当たる白龍様という神官がいると聞いて、それなら我らも占って頂きたいと思ったのですが……」

適当に考えた作り話だったのだが、祭主の背後に座る大宮司の一人が思い当たったように肯《うなず》いた。

「ああ。それはおそらく神官ではございません。其那國《きなこく》の流れ者の騙《かた》りでございますね」

「其那國？」

其那國とは、白虎の北西にある海峡を挟んだ隣国だ。

海峡の幅が広く、小型船で渡るのは危険な海域だった。

其那國は地の質も気候も伍尭國とはずいぶん違うらしく、それゆえに人種や文化もかなり異なる国だと聞いたことがある。

青龍の東にある遊牧の民もずいぶん異なる容姿をしていたが、其那國は髪の色や目の色まで違うという話だ。

其那國建国の時代に不可侵の友好条約を結んだと言われているが定かではない。

ただ、数十年に一度、特使を派遣する程度には友好的な関係ではあるようだ。

長らくそれ以上の関係はなかったようだが、近年になって個人で大型船を持つようになった白虎の商人がひそかに其那國と取引を始めるようになり、先帝の時代に白虎公の嘆願により一部の交易が認められたと聞いている。

「最近、交易船に不法に入り込み、伍尭國にやってくる其那國からの流れ者が増えているのでございます。そして占いなどという怪しげな生業《なりわい》で勝手に商売をしているようです。その中に『白龍』のような大それた名を騙《かた》る、ならず者もいるのでしょう」

市井をよく知っているらしい大宮司が、補足して答えた。

董胡達が聞きたい白龍とは全然違う人物に行き当たってしまったらしい。

確かに人を引き寄せるに充分な印象を与える名ではある。

「なるほど。そうでございましたか」

とりあえず祭主と大宮司達は、董胡達が聞きたい白龍のことは知らないようだ。

だがそれは想定内だ。

そんなに簡単に見つかるぐらいなら、玄武公がとっくの昔に捜し出しているだろう。

「不法に国に入り込む連中でございますから、あまり素行の良い者達ではございません。お后様は関わり合いにならない方がよろしいでしょう」

「本当に不法移民には困ったものです。帝《みかど》にはもっと取り締まりを厳しくしていただくように嘆願書を出しておりますが、今のところ特段の計らいはございませんし……」

大宮司達が少し不満そうに告げる。

「これ、よしなさい。お后様達にそのようなことを言っても仕方がないだろう」

祭主が慌てて大宮司達を窘《たしな》めた。

「ですが祭主様、今年に入ってからの不法移民の数は異常でございます」

「この機会にお后様達から帝にお伝え頂いては……」

「よさないかっ!!」

祭主は声を荒らげて怒鳴った。

董胡と朱璃はその剣幕に驚く。

「あ、いや……失礼を致しました。せっかく王宮を出てゆるりと過ごされているお后様達に話すようなことではございません。この事は虎氏《こし》様を通じて帝との話し合いも進んでおります。間もなく解決することでしょう。どうかお気になさいませんように」

帝に対する非難にも聞こえる大宮司達の言葉に慌てたのだろう。

「左様でございますね。帝がご存じならば、早急に対処して下さることでしょう」

「我らが陛下は、非常に聡明《そうめい》な方でございますから」

董胡と朱璃が帝を擁護するように答えると、大宮司達は気まずそうに口を噤《つぐ》んだ。

「いやいや、これは。お后《きさき》様方は帝に相当心酔なさっているようでございますね。お后様達の心をこれほど掴《つか》む帝は、噂以上に頭の切れる方のようでございます」

噂……というのがどういうものか分からないが、少なくとも大宮司二人は皇帝に多少の不信感を抱いているようだった。

麒麟の神官は帝の味方だと思っていたが、高位の神官は帝を貶《おとし》める貴族達の噂話も聞いているのだろう。諸手《もろて》を挙げて信奉しているわけではなさそうだ。

「さあ、長旅でお疲れのところをすっかりお引止めしてしまいました。白虎の珍しい料理をお部屋にお持ちしますので、今宵《こよい》はゆっくりお過ごしくださいませ」

祭主は会話を打ち切るように言って、董胡達は再び大宮司達の先導で部屋に戻った。

◆

「それにしても、これは動きやすいですね。男装は舞で慣れているつもりでしたが、余計な装飾がないので身軽で楽です。ふふふ。気に入りましたよ」

「分かりましたからお静かに、朱璃様。しゃべらないで下さい」

夕餉《ゆうげ》を終えた夜半に、朱璃と董胡は医官服に着替えて社殿の探索に出ていた。

医官服を作らせたと言っていたが、朱璃は確かに董胡と同じ紫色の袍《ほう》服を着ているものの、よく見ると少しだけ色がくすんでいて、縫製も違う部分がある。

要するに偽物の医官服だ。

朱璃の趣味なのか、襟に刺繡《ししゅう》があったり袖括《そでくく》りが朱色だったりして華やいでいる。

襷襟《たすきえり》も朱雀の赤色で、同じ医官服でもずいぶん違って見える。

董胡だけが薬籠《やくろう》を背負っているので野暮ったく見えるのかもしれないが……。

そもそも化粧をとって医官服を着ると一気に子供っぽくなる董胡と違い、男装の朱璃は姫君姿よりも背の高さが際立って眩《まばゆ》い美々しさだ。

「立っているだけで目立つのですよ、朱璃様は」

「もう、だめですよ、董胡。光《ひかる》と呼んで下さいと言ったでしょう？」

そうだった。医官に変装している間は、光という名にするらしい。

それにしても朱璃という人は名前の通り光り輝いていて、こっそり動き回るのは向いていない。子供にしか見えず警戒されない董胡一人の方が、ずっと動きやすい。

けれど自分も一緒に行くと言って聞かないのだから仕方がなかった。

「それにしても静かですね。この建物には誰もいないのでしょうか」

人払いしている二階の特別室には、后一行しかいないようだ。

夕餉などの時だけ廊下まで料理を運んでくるが、侍女達が受け取るので、后の部屋まで入ってくる者はいない。

二階に上がる階段は一箇所しかなく祈願の時も下りたのだが、さっきは大宮司が先導していて、領巾《ひれ》で顔を隠していたこともあってよく見えなかった。

その階段を下りてみると、ようやく人の気配がする。

別棟の一階に神官達の部屋があるらしく、中庭を挟んだ向こう側に神官達が行き交う姿が見えた。

董胡達の宿泊棟に一箇所しかない一階の玄関口の外には、警護の赤軍と麒麟の密偵がいるはずなので、騒ぎにならないように声をひそめた。

「まだ下に階段がありますよ」

「二階建てじゃなかったのかな」

階段の下からは微《かす》かに話し声が聞こえてくる。

それと同時に料理のいい匂いもした。

「この下に厨房《ちゅうぼう》があるみたいですね」

薬膳《やくぜん》師の董胡が一番簡単に情報収集できる場所といえば厨房だ。

「行ってみましょう」

董胡と朱璃は様子を窺《うかが》いながらゆっくりと階段を下りた。

下りてみると、驚いたことに階段はまだ下に続いている。

「これは……山の斜面を掘って地下室を作っているようですよ」

朱璃が連子窓《れんじまど》の外を覗《のぞ》きながら呟《つぶや》いた。

正面から見ると二階建てに見えるが、裏側に回ると斜面を掘り込んで地下に数層の部屋があるようだ。おそらく地下階には神官以外の使用人達の働く場所と居室があるのだろう。正面から見る以上に巨大な建物のようだった。

連子窓の外には暗闇に浮かぶ虎威大山が見えていて、廊下に沿って連なる部屋は倉庫になっているようだ。こちらまで来る者はあまりいないようで、外に幾つか置かれた松明《たいまつ》の明かりで辛うじて廊下の様子が分かる。

「廊下の向こうの方に明かりが見えますね」

そちらから話し声と料理の匂いがしてくる。

そこに厨房があるのだろう。

足音を忍ばせ、明かりが見える方へ歩いていく。

廊下の右側は連子窓が連なり、ところどころ外の松明からの明かりが入っている。

そして左側には倉庫のような部屋がずっと先まで並んでいるらしい。

途中、一箇所階段があって上下階に行き来できるようになっていた。

そして長い廊下をどんどん進むと、突き当たりに大きな厨房があった。

入り口の格子戸を少し開けて二人でそっと中を覗いてみる。

見張りの番兵のような男が一人立っていてひやりとしたが、こちらに背を向けていてまだ気付かれていなかった。

真ん中の通路を挟んで左側では、后一行や神官達に出した夕餉の片付けをしているのか、大勢の従者達が忙しく皿を洗ったり戸棚に片づけたりしている。

そして右側には大きな竈《かまど》が三つあり、大鍋《おおなべ》で料理を作っているようだ。

おそらくこれから従者達の夕餉の時間なのだろう。

大盆に質素な椀《わん》がたくさん並べられている。

その椀に男性の料理人が粥《かゆ》のようなものを次々入れると、少女達に奥に運ぶように命じている。そう……。少女達に……。

董胡は彼女達を見て目を見開いた。

「光。あの少女達は……」

「うん。そうですね。たぶん……」

金茶色の髪に紺碧《こんぺき》の瞳《ひとみ》色をしている。

「其那國の少女？」

初めて見た。

王宮からここまで一人も見かけなかったのに。

后行列を歓迎する沿道の人々の中にも見なかった。

それなのに、ここで働く人々の半数ぐらいが其那國の少女だった。

「大宮司様が、不法移民が多いと言っていましたが……」

道中まったく見かけなかったから、少し大げさに言っているのだろうと思っていた。

「后の目の届く範囲にいなかっただけで、本当に増えているようですね」

后に見える世界は、実際の白虎の姿ではない。

庶民になって初めて見える現実があるのだ。

「そなたら！　どこから入った！」

ふいに背後から怒鳴られて、董胡と朱璃はぎくりと振り向いた。

いつの間にか背後に数人の女性が立っていた。

白い小袖《こそで》に緋袴《ひばかま》を穿《は》き、黒髪は幅広の紙で後ろに束ねている。

「こちらの通路には我ら巫女《みこ》以外入ってはならぬ。そなたら何者じゃ！」

一番前に立つ年配の女性が声を荒らげた。

その後ろの女性達は、手に食べ終えた夕餉の膳《ぜん》をそれぞれ持っている。

どうやら神官達の夕餉を下げて戻ってきたようだ。

こちら側の通路は一定の身分以外の者は立ち入り禁止になっているらしい。

「番兵は何をしておった。くせものじゃ！」

巫女の言葉で厨房の番兵が慌てて中から扉を開いてやって来た。

厨房の明かりが、薄暗い廊下にいた董胡と朱璃の姿をはっきり映し出す。

「お、お待ち下さい。我らはお后様の専属薬膳師でございます。お后様にお夜食を作ろうと厨房を探しておりました」

董胡は慌てて告げた。

「お后様《きさき》の？」

一番前の巫女は怪しむように董胡と朱璃を交互に見つめた。

彼女は子供のような董胡に眉根《まゆね》を寄せたものの、次に絵巻から抜け出たような朱璃の麗しさに息を呑《の》む。そしてしばし見惚《みと》れたようだ。

背後の巫女達も朱璃を見て頬を染めている。

「こ、これは失礼を致しました。お后様がご滞在とのことで、見慣れぬ者の出入りは厳しく取り締まるように言い付かっておりましたので」

巫女の謝罪に朱璃が優雅に答える。

「いいえ。我がお后様のために痛み入ります。あなたのような有能な女性が管理して下さっているなら安心でございますね」

「まあ……有能だなんて……」

巫女はぽっと顔を赤らめた。

さすが朱璃だ。女心の摑《つか》み方を心得ている。

董胡一人だと、まず子供のような容姿に侮られ、薬膳の知識を披露して初めて認めてもらえるのだが、朱璃は流し目一つで相手の心を摑んでしまうようだ。

「私は巫女を束ねる洛陽《らくよう》と申します。お后様のお夜食ならば言いつけて下されば我らが用意してお持ち致しますわ」

洛陽は口調を和らげて朱璃に答えた。

「ありがとうございます。ですが、我らはお后様の体調に合わせた薬膳料理を作るのです。できれば厨房を少しお借りしたいのですが、よろしいでしょうか、洛陽殿」

朱璃に名前を呼ばれて、洛陽はすっかり浮かれている。

「ま、まあ。もちろんでございますわ。どうぞご自由にお使いくださいませ。料理人には私から説明致しましょう」

「助かります。よろしくお願い致します」

にこりと微笑むと、洛陽はすっかり朱璃の言いなりだった。

これはもはや特技と言ってもいい。

目立ち過ぎの朱璃には密偵のようなまねは向いていないだろうと思っていたが、とんでもない逸材かもしれない。董胡の出る幕はなかった。

「すごいですね、光貴人」

「ふふ。これでも一世を風靡《ふうび》した紅拍子ですからね」

ここぞと二人が話し合う間に、洛陽が料理人に話して許可をとってくれた。

「一番右の竈は滞在中自由に使っていいそうです。調理台に置かれた食材や調味料は料理人の許可を得て使っていいとのことです」

洛陽は董胡達を竈に案内しながら伝えた。

左の竈で粥を椀に注ぎながら、壮年の料理人が董胡達にぺこりと頭を下げた。

「では、何かお困りのことがあれば、なんなりとこの洛陽にお申し付け下さいませ」

洛陽は名残惜しそうに言って、仕事に戻っていった。

そして董胡はさっそく調理台に置かれた食材に目を輝かせる。

「見慣れた野菜もあるけれど……これは何だろう？」

夕餉《ゆうげ》の膳にもあった野菜だ。真っ赤な蕪《かぶ》のような見た目だった。

食べた時から何だろうと気になっていた。

「真っ赤な汁椀《しるわん》があったでしょう？　赤い色をわざと付けているのかと思ったけれど、この野菜から出た赤だったんだ」

「そういえばありましたね」

朱璃も手に取って匂いを嗅《か》いでみる。

「土の香りがします。根菜なのは間違いないですが……」

「それはビーツですわ」

「其那國から取り寄せた野菜ですの。伍尭國では火焔菜《かえんさい》と言いますわ」

下げた膳を置いてきたらしいさっきの巫女達が教えてくれた。

「火焔菜……。其那國の野菜なのですね」

道理で見たことがないはずだ。

「火焔菜とライ麦が其那國の特産品なのです」

「最近は普通に露店でも売っているようでございます」

巫女達は朱璃の方をちらちら見ながら説明してくれた。

色男が一人いると女性が親切で助かる。

「この茶色い塊がライ麦で作った麺麭《めんぽう》（パン）という食べ物です」

「其那國の者はこれをフリブと呼んでいるみたいですけれど」

調理台の上には長楕円《だえん》の形をした茶色の塊があった。

「これは……夕餉に薄く切って出されていた料理ですね」

朱璃が答えると、巫女達は嬉《うれ》しそうに頬を染めている。

「香ばしくて少し酸味のある不思議な食感の料理でした。どうやって作るのだろう」

董胡は謎の食べ物に興味津々だった。

「それなら、ほら。そっちの調理台で其那國の子が作っていますわ」

巫女の指差す方を見ると、金茶色の髪をした少女達が一生懸命何かをこねている。

まだ十代前半のような少女達だが、慣れた手つきで茶色い塊を台の上で丸めたり延ばしたりしていた。

「え、これがこの麺麹になるの？　どうやって？」

急に話しかけてきた董胡に、其那國の少女達は怯《おび》えたような顔を向けた。

「作り方を教えてくれる？　私も一緒に作っていい？」

「…………」

董胡が尋ねたものの、少女達は無視して無言のまま作業を続けている。

「その子達は其那國から流れてきたばかりで言葉が分からないのですよ」

「フリブ作りが出来るみたいだからここで働いていますの」

みんなやせ細っていて顔色が悪い。

遠い隣国から過酷な旅をして伍尭國に辿《たど》り着いたようだった。

「この子達の親は……」

尋ねようとした董胡だったが「あなた達っ‼」と叫ぶ声で振り返った。

さっきの洛陽だ。

「どこに行ったのかと思ったら、まだここにいたの！　次は祭主様の膳を下げてきなさいと言ったでしょう！」

「す、すみません」

「祭主様はまだ夕餉がお済みではないかと思いましたので……」

どうやら朱璃と話したいがために仕事をサボっていたようだ。

「言い訳はいいから、すぐに下げに行きなさい！」

「すみません、洛陽殿。私がついいろいろ聞いてしまって足止めしたようです。この者達を叱らないで下さい」

朱璃がとりなすと、洛陽は慌てて声を和らげた。

「ま、まあ。そうでございましたか。そ、それなら仕方ございませんわね。さあ、あなた達はもう行きなさい」

巫女《みこ》達は朱璃に頭を下げて、厨房《ちゅうぼう》から出て行った。

「ところで洛陽殿。ここではずいぶん大勢、其那國の人が働いているようですね」

朱璃が尋ねた。

「ああ、ええ。本当に。このところ大勢の移民が入り込んで、しかもどういうわけか年若い娘達ばかりで困っております」

「年若い娘達ばかり？」

董胡は首を傾げた。

この少女達だけで海峡を渡ってきたのだろうか。

「妓楼《ぎろう》に売られていく子が大勢いるのですが、慈悲深い我が祭主様が逃げ出して行き倒れている子達を見つけて、ここに連れてくるのでございます」

それでこんなに大勢いるのだ。

「この子達が生きていけるように、こうして働ける場所を作ってあげているのですが、心労と衰弱で寝込んでしまう子も多く、毎日のように死人が出ています」

「死人が？　何か病を持っているのでしょうか？」

ただの衰弱ならば、環境が整えば回復していくはずだ。

「いいえ。それが本当に、ただ衰弱して死んでいくのです」

そう洛陽が答えるそばで、麺麭をこねていた少女が突然ばたりと倒れた。

「ルカッ!!」

其那國の少女達は怯えたような叫び声をあげて、倒れた少女を見ている。

「大丈夫？　私の声が聞こえる？」

董胡は急いで倒れた少女に駆け寄り、声をかける。

しかし血の気のない少女は、気を失っているようだ。

「息はある。脈も弱いけれどあるよ。血虚かもしれない」

「洛陽殿。どこか横になって休める場所はありますか？」

朱璃が尋ねると、洛陽は残念そうに首を振った。

「その子はもうだめでしょう。こんな風に倒れる子を何人も見てきました。最初の頃は看病もしましたが、皆その日のうちに死んでしまいました」

「ま、まさかそんな……」

確かにそういう病はあるが、こんな若い少女が毎日のようになんて聞いたことがない。

「番兵を呼んで安置所に運ばせましょう。明日の朝までもたないでしょう」

「そんな……」

やせ細った少女は、十五に満たないような子供だ。

過酷な旅をしてここまで来たのに、こんな死に方はあまりに気の毒だった。

「待ってください。この子を私に看病させてもらえませんか？」

「ええっ？　お后様《きさき》の薬膳師様《やくぜん》が？　い、いいえ。死の穢れ《けが》をお后様に近付けるようなことはできませんわ」

洛陽はこの少女が死ぬ、とすでに断定している。

「では、安置所でもいいので、この子を看病させて下さい！」

「ですが……」

躊躇《ためら》う洛陽を見て、朱璃が少女を軽々と抱き上げる。

その鮮やかな所作に、ほうっとため息を漏らす者までいた。

「私が安置所まで運びましょう。どこか案内してください」

「まあ……」

洛陽は戸惑いつつも、さすがに安置所に董胡達を連れて行くのは気が引けたのか、階段を一つ下りた巫女達の空き部屋に案内してくれた。

# 六、其那國の少女

少女を寝かせた部屋は、隅に布団が重ねて置かれた以外は何もない部屋だった。

しばらく洛陽も様子を見ていたが、まだ仕事が残っているらしく「何かあれば上の厨房にお知らせ下さい」と言って出て行った。

何かあれば、というのは少女が死んだらという意味だろう。

「どうなのですか、董胡？　何か分かりましたか？」

洛陽がいなくなると、朱璃は小声で尋ねた。

「いえ。診たところ気血両虚の症状ですね。要するに低栄養（栄養失調）です」

顔色が悪く皮膚が少し乾燥している。

「死ぬのですか？」

「いいえ。顔色は確かに悪いですが、死ぬほどの重症ではありません」

董胡の特別な目には五色の色がきちんと視《み》えていた。

（しかも均等に整っている。これほど整うのはよほどの美食家か、天賦の才能か）

少なくとも幼い頃から豊かな食生活をしてきたと思われる。

「そうですね。この子よりも他の子の方が痩《や》せて顔色が悪かったように思います」

白い肌は透き通っていて、肩にかかる程度の金茶色の髪は緩くうねっていて艶《つや》やかだ。目を閉じていても、鼻筋の通ったとても美しい少女だと分かった。

「ええ。今晩のうちに死んでしまうとはとても思えません」

それとも何か董胡の知らない病があるのだろうか。

「とりあえず十全大補湯《じゅうぜんたいほとう》を飲ませてみましょう」

董胡は背負っていた薬籠《やくろう》から必要な生薬を取り出す。

十全大補湯は人参《にんじん》や地黄《じおう》など十種類の生薬からなっていて、気血水の滞りを大きく補正し、病気を全快させるという意味合いが名前の由来とされている。

朱璃に看病を任せて董胡は厨房で薬湯を作り、ついでに粥《かゆ》を少し分けてもらってきた。

夜半の厨房は人もまばらになっていて、いつの間にか使用人達もほとんど自室に戻っていったようだった。

董胡が薬湯を匙《さじ》で口に入れると、少女はこくりと飲んでくれた。

「うん。薬湯も飲めるし大丈夫だと思いますよ」

「本当に？　良かった」

朱璃もほっとして緊張を緩めた。

続けて薬湯を飲ませると、少女はゆっくりと目を開き紺碧《こんぺき》の瞳《ひとみ》が見える。

「あ、気が付いた？　良かった」

董胡が顔を覗《のぞ》き込むと、少女は飛び起きて部屋の隅に後ずさりした。

「驚かせたみたいだね。ごめんね。大丈夫だよ、落ち着いて」

「私達はお后様の薬膳師です。倒れたあなたを看病していただけです」

董胡と朱璃が弁解するように言っても、少女は部屋の隅で震えている。

「あ、そうか。言葉が分からないのだったね。どうしよう」

「身振りで怪しい者ではないと伝えるしかありませんね。舞でも披露しますか」

「余計怪しいですよ。そうだ、お粥を渡してみましょう」

董胡は脇に置いていた粥を持って少女に近付いた。

「あなたは低栄養で体が弱っているのです。これを食べたら良くなると思いますよ」

少女は青ざめた顔で粥を見て、ぶるぶると首を振った。

「食べたくないの？　粥が嫌いなのかな」

「厨房に行って何か他の食べ物を探してきましょうか」

そう言って朱璃が部屋を出ようとすると、少女は突然口を開いた。

「どく……」

「え？」

董胡と朱璃は驚いて少女を見つめた。

「毒？　毒が入っていると思っているの？」

董胡の問いに少女は怯《おび》えたような目で応《こた》える。

「毒なんて入ってないよ。えっと……じゃあ、私が毒見をするね」

董胡は粥を一匙すくって自分の手の甲に載せ、ぺろりと食べてみせた。

少女はその様子を、目を丸くして見ていた。

「ほら、食べてもなんともないでしょ？　あなたも食べてみて」

董胡が粥の椀《わん》を差し出すと、少女は恐る恐る手を伸ばして受け取った。

そして一匙すくって口に含むと、安心したように次々口に頬張った。

ずいぶんお腹がすいていたようだ。夢中で食べている。

「食事を与えられていなかったのかなあ」

「でも使用人の粥椀を運んでいましたよね」

少女の様子を見ながら董胡と朱璃は話し合った。

「洛陽殿もきちんと世話しているような口ぶりでしたし」

「無茶な働かせ方をしているようにも見えませんでしたしね」

けれどこの少女の状態は食べていないことによる低栄養としか思えない。

「巫女《みこ》様は……何も知りません」

「え？」

ふいに少女がはっきりと伍尭國の言葉を話したので、董胡と朱璃はぎょっとした。

「あ、あなたは伍尭國の言葉が話せるの？」

董胡が尋ねると、少女はこくりと肯《うなず》いた。

「ど、どうして黙っていたの？」

「話せることが分かれば妓楼《ぎろう》に売られてしまうからです」

「妓楼に？」

少女は怯えるように肯いた。

「でも洛陽殿は、妓楼から逃げてきた子を祭主様が助けているようなことをおっしゃっていましたよ？」

朱璃が尋ねた。

「巫女様はその祭主様の言葉を信じているのです。けれど本当は違う」

「違うって……」

「この大社の祭主様は、むしろ其那國から流れ着いた少女達をここに連れてきて選別しているのです」

「選別？」

董胡と朱璃は顔を見合わせた。

「伍尭國の言葉を話せて器量のよい娘を選んで、妓楼に高く売っているのです」

「まさか、あの祭主様が……」

麒麟の神官で、この大社を任されるほどの人なのに。

「選んだ娘の粥に眠り薬を入れ、気を失うと安置所に連れていかれます。そこで看病していると言っていますが、実際は共謀する番兵によって大社の外に連れ出され、そのまま妓楼に売られているのです。そして巫女様には死んだと伝えられるのです」

「なんということを……」

朱璃も唖然《あぜん》としている。

「だから私達は恐ろしくて出された粥を食べないのです。私達は粥を食べて妓楼に売られるか、食べずに飢えて死ぬかしかないのです」

「それでみんな顔色が悪く痩せているのだね」

話を聞いてみれば辻褄《つじつま》が合っている。

そういえば祭主は、大宮司達が不法移民のことを帝《みかど》に伝えてくれと言うと、ひどい剣幕で怒鳴っていた。あれは自分の悪事が帝に知られると恐れたからかもしれない。

「お願いです！　どうか私を助けて下さい！」

少女は縋《すが》りつくように董胡に懇願した。

「助ける……？」

「次に選ばれるのは私だと番兵が話しているのを聞いてしまったのです」

確かに言葉が話せることを知られなくとも、これほど美しい少女なら真っ先に選ばれてしまうだろう。

「私を最後に、芸団の興行が終わるまで目立つ動きはしないと話していました」

后行列は赤軍や麒麟の密偵も連れてきているため、朱雀の芸団が帰るまで怪しまれる行動はしないつもりなのだろう。

「あなた方は伍尭國の皇帝のお后様《きさき》に仕える方なのでしょう？　このままでは明日にも私は妓楼に売られてしまいます。だからどうか……」

「それは……」

董胡だってできれば助けてあげたいと思う。

「でもどうやって……」

「このまま私が死んだことにして下さい。そして巫女様には番兵に引き渡したとお伝え下さい。巫女様はいつものことなので、それ以上詮索《せんさく》することはありません」

「でも洛陽様を誤魔化せても、祭主様は気付くのではありませんか？」

そんなにうまくいくとは思えない。

「祭主様は、お后様のご滞在中は騒ぎ立てたくないはずです。むしろ警戒して、しばらくは他の娘達も何事もなく過ごせるのではないかと思います」

「確かに……お后様の動向は気にしているようでしたね」

なかなか聡《さと》い子のようだ。

いや、国から逃げてきたのだから、これぐらい聡くなければ生き延びられなかったのだろう。その利発さが痛ましい。

「ならばしばらく我らの部屋に匿《かくま》って連れ出せば、うまく誤魔化せるかもしれませんね」

朱璃も肯いた。

后の通り道はいつも人払いをして歩く姿すら見られることがない。

侍女が一人ぐらい増えていても気付かれることもないだろう。

だから董胡と朱璃だって、后の薬膳師《やくぜん》を名乗っても疑われないのだ。

「お願いします！　私は其那國の言葉も分かりますからきっとお二人のお役に立てると思います。だからどうか助けて下さい！」

確かに。両方の言葉を理解する彼女は希少な存在かもしれない。けれど……。

「いいでしょう。あなたを助けてあげましょう。ね、董胡」

迷う董胡の代わりに、朱璃があっさり請け合った。

こうして、思いがけず其那國の少女を部屋に匿うことになったのだった。

# 七、綺羅のお披露目

巫女の洛陽には其那國の少女が言った通り伝えると、まったく怪しむこともなく「やはり死んでしまいましたか」とそれ以上詮索されることもなかった。

その後の祭主の動きは分からないが、少女の予想通り、騒ぎにもならなかった。其那國の娘が一人いなくなったことなど、大したことではないのだろう。

彼女は名前をルカといい、十三歳だということだった。

部屋に連れ帰ると、当然ながら王琳と禰古が呆《あき》れかえっていた。

二人とも探索に出たまま戻らない后を心配して一睡もしていなかったようだ。

ようやく戻ってきたと思えば、見知らぬ其那國の少女を連れているのだから、二人が呆れても仕方がない。

ルカは侍女頭に散々小言を言われて平謝りの菫胡と朱璃を、まさか后だとは思ってもいないようだった。ただ迷惑をかけて申し訳ないと青ざめた顔で俯《うつむ》くばかりだ。

その様子を見て気の毒に思ったのか、王琳と禰古はとりあえず侍女のための控えの一部屋にルカを匿って仮眠をとらせてくれた。

「やれやれ、やっと抜け出すことができましたね、董胡」

「なんとか出ることができて良かったです」

翌日の昼過ぎ、董胡と朱璃は、今度は大社を出て芸団が幕営する場所に向かっていた。

と言っても大社の裏道を下りてすぐの麓《ふもと》だから、遠い場所ではない。

玄関口を守っていた衛兵には、后が出した薬膳師の木札を見せて通り抜けることができた。外からの入室は厳しく取り締まられるが、中からの外出は比較的容易《たやす》い。

「ルカも大丈夫？　まだ体調が万全ではないのにごめんね」

董胡と朱璃の後ろには蓑笠《みのかさ》に垂《た》れ布《ぎぬ》をつけた壺《つぼ》装束のルカがついてきていた。

ルカは朱璃の侍女の一人ということにして木札を持たせている。

貴族の姫君は顔まで確認されないので助かった。

ちなみに董胡と朱璃も、念のため垂れ布のついた蓑笠を被《かぶ》っている。

白虎の町では、男性であっても垂れ布のついた蓑笠を被る者は珍しくないそうだ。

「私のためにご迷惑をおかけして申し訳ございません」

聡いルカは、侍女達の様子で董胡達にひどく迷惑をかけていると感じたようだ。

ルカをこのまま侍女の一室に匿おうとして王琳と禰古に大反対され、実は朝から一悶《ひともん》着《ちゃく》あったのだ。

「いったい何をお考えでございますか、朱璃様！」

「危険な探索に出られたと思うと、鼓濤様は待てど暮らせどお帰りにならないし」

「私と王琳様は生きた心地もせず心配しておりましたのよ」

「それなのに呑気《のんき》に戻って来られたかと思うと、見知らぬ子を拾っていらして！」

朝から董胡と朱璃は二人の侍女頭に懇々と説教された。

朱璃と二人で昨日のことを説明したのだが、話を聞くほどに二人の侍女頭は顔を引きつらせ「いいかげんにして下さいませ！」とさらに雷を落とした。

「ここに匿うだなんてもってのほかですわ！」

「明らかに伍尭國の者ではない容姿なのに、もし見つかったらどう言い訳するのですか」

「素性も知れぬ者をお二人のそばに置くわけには参りません」

「彼女には気の毒ですが、すぐに追い出して下さいませ」

二人の侍女頭の言うことももっともだ。

これほど人払いをして后に怪しい者を近付けないようにしてくれているというのに、その后が見知らぬ者を招き入れてしまっては意味がない。

「でも、彼女はここを追い出されたら行くところもないんだよ。目立つ容姿だから白虎の町で仕事を探すのも大変でしょう？」

結局、妓楼《ぎろう》に流れ着くしかないだろう。しかも妓楼でも待遇がいいとは思えない。

「そんなことは我らには関係ありません」

「我らはお后様の安全を保つためなら非情なことも言わせていただきます」

禰古と王琳は后のためなら鬼にもなれる忠実な侍女頭だった。

「ではこうしましょう。芸団に預かってもらいます。芸団なら珍しい容姿であっても怪しむ人もいません。むしろ重宝がられることでしょう」

朱璃がいいことを思いついたと、提案した。

「芸団に？」

朱璃は侍女頭の反論を遮るように、急いで立ち上がった。

「そうと決まれば早い方がいい。今からすぐに預けに行きます。ねえ、鼓濤様」

「そ、そうですね。早い方がいいですね、朱璃様」

董胡も慌てて同調する。

長く一緒に過ごしたせいか、だんだん阿吽《あうん》の呼吸になってきている。

「さあさあ、急いで準備をして行きましょう、鼓濤様」

「はい。すぐに、朱璃様」

こうしてまだ小言を言い足りない侍女頭二人から逃げるように、ルカを連れて芸団の幕営に向かっていたのだった。

坂道を下りてすぐのところに、朱色の大天幕が張られていた。

その周りに小さな天幕が幾つかあり、芸団ごとにここで寝泊りしているらしい。

遠方への興行の時は、この天幕を移動させながら町を巡るらしい。

天幕の周りには驢馬《ろば》の調教をしたり玉乗りの練習をしたりする人々が目についた。

縄紐《ひも》を張って洗濯物を干している者の姿も見える。

身なりのいい董胡達三人を不思議そうに見ている者もいたが、止められることはなかった。しかし大天幕の前にはさすがに見張りの者がいて、呼び止められた。

だが朱璃が蓑笠の垂れ布を上げて「光です」と答えると、すぐに頭を下げて幕内に案内してくれた。前もって伝えてあったようだ。

大天幕の中は真ん中に茣蓙筵《ござむしろ》を敷いた場所があり、大勢で話し合いをしたり食事を摂《と》ったりする場所のようだ。

周りには雑多に芸事に使う大道具が置かれていて、入り口の真正面に長椅子があった。

そこに三人の姿が見える。

「お邪魔しますよ、旺朱」

朱璃が声をかけると、長椅子に座っていた羽飾りのついた黒い鉢巻きの男が立ち上がった。眉《まゆ》の形が整った華やかな顔立ちの短髪の男は、顔をほころばせて答える。

「姉上！」

そして袖《そで》とふくらはぎを紐で編み絞った、動きやすそうな黒服で駆け寄ってきた。

「いつ現れるのかと待っていました！　お久しぶりです、姉上」

そして朱璃の後ろにいる蓑笠の二人に目をやった。

董胡は蓑笠をはずして微笑む。

「お久しぶりです、旺朱」

董胡の姿を見ると、旺朱は嬉《うれ》しそうに両手を摑《つか》んだ。

「おお！　董胡じゃないか！　会いたかったぜ。元気にしてたのか？」

旺朱はもちろん董胡が玄武の后《きさき》だなんて知らない。

皇帝の密偵として出会い、玄武の后の専属医官だとだけ伝えてあった。

「ええ。この通りです。旺朱も元気そうで良かった」

一通り再会を喜び合うと、旺朱はもう一人の蓑笠に目をやった。

「この人は？」

ルカはおずおずと蓑笠を取り、不安そうに姿を現した。

「この髪色は……」

旺朱は金茶色の髪と紺碧《こんぺき》の瞳《ひとみ》色ですぐに分かったようだ。

「其那國のルカと申します」

ルカは旺朱に頭を下げた。

「しゃ、しゃべれるのか？　伍尭國の言葉を……」

伍尭國の言葉を話せる其那國の人間はそれほど多くはない。

「実はこの子を預かって欲しくて連れて来たのですよ」

朱璃が告げる。

「預かる？　この其那國の者を？」

「成り行きでたまたまルカを助けたのですが、后の部屋に匿《かくま》うわけにもいかず、かといって町に戻せばまた悪い者に連れて行かれてしまうでしょうし、旺朱に頼むのが一番いいだろうという話になったのです」

旺朱は朱璃の話を聞いて肩をすくめた。

「相変わらずですね、姉上は」

生まれた時から共に育った旺朱は、朱璃の無茶振りにも慣れっこのようだ。

しかし。

「また問題事を起こしているのですか、姫《ひい》さ……いえ、光様！」

旺朱の背後から別の声が呆《あき》れたように告げた。

大きな瞳が印象的な美しい少女がこちらに歩いてくる。

少女だが真っ赤な水干に白い長袴《ながばかま》を穿《は》いている。

髪は左右一束を前に垂らし残りを後ろで結わえている。紅拍子の装束だ。

「綺羅！」

それは朱雀で会った綺羅だった。

朱雀では朱璃の密偵として妓楼見習いのお仕着せ姿だったが。

少し大人びて、ますます美しく成長していた。

「またあなたですか」

再会を喜ぶ菫胡と裏腹に、綺羅は少し迷惑そうに眉をひそめた。

どうやらあまり好かれていないようだ。

「光様も菫胡も、これ以上問題を増やさないで下さいませ」

綺羅はため息をつく。

「これ以上って？　何か問題があるのですか？」

朱璃が尋ねた。

「実は綺羅の紅拍子と一緒に舞う予定の舞妓《まいこ》が旅の道中で足首を痛めたらしいんだ」

旺朱と綺羅が正面の長椅子に座る少女に目をやった。

白い巫女《みこ》装束の少女は、片足を板で固定して青ざめていた。

「申し訳ございません。綺羅様」

まだ痛みが酷《ひど》いのか顔を顰《しか》めている。

「大丈夫なのですか？　医師には診てもらったのですか？」

菫胡は少女に駆け寄った。

「いや、とりあえず応急処置をして様子をみていたんだが、舞は無理そうだな」

旺朱が答えた。

「私が診ましょう。足を見せて下さい」

「おお、そういえば菫胡は医官だったな。頼むよ」

旺朱の許可を得て、董胡は少女の足を診た。

「これは……ずいぶん腫《は》れていますね。折れてはいないようですが、骨にひびが入っているのでしょう。固定具でしっかり留めてしばらく安静にしなければなりません。舞などはもってのほかです」

思った以上にひどい状態だった。

「痛みもずいぶん酷いでしょう。かわいそうに」

まだ年若い少女は董胡に言われて我慢の限界がきたのか、わっと泣き出した。

「すぐに痛み止めの薬湯を作りましょう。飲めば痛みが和らぐはずです」

舞妓といっても、まだ子供のような年齢だ。

どんどん腫れる足と痛みで不安だったのだろう。薬籠《やくろう》を背負ってきて良かった。

「さすが医官だ。董胡がいてくれて助かったよ」

董胡が薬湯を作っている間に、朱璃達はルカの引き受け先について話し合っていた。

あれこれ悩んだ結果、ルカは旺朱の世話係として雑用をすることになったようだ。

「それにしても困りましたわ。紅拍子の舞妓が一人足りなくなってしまいました」

紅拍子は、真ん中に主役の貴人が一人と三人の巫女で舞うのが基本のようだ。

怪我をした少女は、その三人のうちの一人だったらしい。

「申し訳ございません。綺羅様の大切な初お披露目の舞台なのに……うう……うう」

少女はまだしくしくと泣き続けていた。

くるまで少し時間がかかる。

なっていた。

」

朱璃が言ったが

に綺羅と旺朱に却下される。

「背丈が違い過ぎます。光様では紅拍子の私よりも背が高いではないですか」

「姉上では主役よりも目立ってしまいますしね」

せっかくの綺羅の初お披露目だというのに、主役を食うわけにはいかないだろう。

三人の巫女は主役の貴人より背の低い者を選ぶのが常らしい。

「ルカは……背の高さは問題ないが、目と髪色が目立ち過ぎるしな」

「目の色だけは化粧と付け髪でも誤魔化せないですからね」

大変そうだなと、董胡は薬湯の後片付けをしながら他人事《ひとごと》のように聞いていた。

しかし。

「？」

なぜか皆の視線が董胡に注がれている。

「え？　なんですか？」

一瞬嫌な予感がよぎったが、ぶるぶると打ち消して尋ねた。

「綺羅、ちょっと董胡の横に並んでみなさい」

朱璃に命じられて、綺羅は渋々、董胡の隣に並んだ。

「え、なに？」

「うーん。同じぐらいか」

「まあ、同じなら問題ないでしょう。これでいきましょう」

朱璃はうんうんと肯《うなず》いて勝手に納得している。

「これでいきましょうって？　え、何の話？」

「もちろん巫女舞の代役ですよ。董胡にやってもらいましょう」

勝手に話が決定されている。

「え、ちょっと待って。私は舞なんてやったこともないですよ」

「大丈夫です。私が手取り足取り教えてあげますよ。そういえば道中で舞を教えて差し上げると約束していたのでした。今思い出しましたよ」

余計なことを思い出したようだ。約束なんてしたつもりもないけれど。

「む、無理ですよ。お披露目は明後日《あさって》ですよ。覚えられませんよ」

「大丈夫ですよ。巫女舞は立ち位置だけ覚えれば、あとは同じ舞の繰り返しですから」

「さあ、そうと決まればすぐに練習を始めなければ」

「いえ、しゅ……光。ちょっと……」

「綺羅は董胡に合う衣装を用意してきなさい」

話を聞いてくれない。

董胡と一緒にいると毎日退屈しないですねえ。ふふふ」

こうして何の因果か董胡は紅拍子の一人として舞うことになってしまった。

◆

大社での催しは、神官達と近隣の貴族だけが招待されて行われた。

庶民は立ち入ることを禁じられて限られた者だけが観覧を許される。

后《きさき》達一行は一番よく見える場所に御簾《みす》をかけて案内されたが、早々に后二人が芸団の控えの間に移動したとは思ってもいないだろう。

后の薬膳《やくぜん》師二人の出入りが、やけに激しいと思われているぐらいだ。

「やっぱり無理ですよ～。いきなりこんな大舞台で舞うなんて」

董胡は朱璃に巫女装束を着付けられながら、泣き言を言う。

「この期に及んで、まだそんなことを言っているのですか。腹をくくりなさいな。あなたらしくもない」

朱璃は、朱色の袴《はかま》に白い千早を董胡に着付けながら活《かつ》を入れた。

「薬膳のことなら多少の無茶もできますが、舞は専門外ですよ」

「大丈夫。私がみっちり教えてあげたでしょう。なかなか筋がいいですよ。少々間違えても堂々としていれば分かりませんよ。さあ、できた。後は綺羅に任せますよ」

朱璃に命じられ、綺羅が菫胡の前に来た。

「菫胡だと分からないぐらい派手に化粧をしてあげなさい」

綺羅はむっつりと菫胡を睨《にら》みつける。そして凄《すご》みのある声で脅してくれる。

「私の大事な初お披露目の舞台なのですから、失敗したら許しませんよ」

「は、はい……。ど、努力します……」

怖い。稽古《けいこ》の間は朱璃より容赦なかった。余計に緊張してしまう。

綺羅は朱雀で出会った時から、年の割にしっかり者で仕事に厳しい人だった。

「すみません。私ができたら良かったのですが。役に立たなくて……」

ルカは申し訳なさそうに綺羅の手伝いをしながら謝った。

まだ舞の稽古で忙しくてルカの詳しい事情は聞けていなかったが、長く過ごすほどに気遣いのできる優しい子だと分かってきた。

「あなたは気にしなくていいのよ、ルカ。よく働いてくれて助かっているわ」

綺羅はルカが気に入ったようだ。年も同じぐらいだし、親近感を持っているらしい。

ルカには優しい。というか菫胡にだけ冷たい。

ルカを預けて二日だが、気が利いて真面目に働くルカはすでに信頼されていた。

「菫胡様。私が怪我をしたばかりに申し訳ございません。……うう……うう」

怪我をした舞妓《まいこ》は、会うたび涙ぐんでいる。

「すべては私の不注意のせいでございます。本当に……うう……申し訳なく……」

「い、いや。もう泣かないで。がんばってみるから。ね」

泣かれて謝られると、董胡もそう答えるしかなかった。

「足の痛みは良くなった？」

「はい。董胡様の薬のおかげでずいぶんましになりました」

「それは良かった」

練習の合間に、何度か痛み止めの薬湯と塗り薬を作ってあげていた。

「ちょっと口を閉じてもらえますか？　紅がさせませんわ」

「はい……。すみません」

綺羅に怒られた。

どうも禰古の話では、朱璃と仲が良すぎるから嫉妬《しっと》されているのだということだ。

綺羅は朱璃の光貴人に憧《あこが》れて舞団に入った最たる人物らしい。

董胡を男だと思っているから、尚更《なおさら》腹立たしいのかもしれない。

手際よく化粧を終えると、最後に頭に冠をのせられて完成だ。

「おお！　すごいじゃないか、董胡。朱雀の上楼君《じょうろうくん》に変装した時も思ったが、男にしておくのはもったいないぐらい似合うな」

旺朱が様子を見にきて感心した。

「本当にお美しいですわ。医官の姿の時とは別人のようです」

ルカも驚いたように肯く。

白塗りの上に舞台仕様の派手な化粧をしたので、侍女達ですら言われなければ菫胡だと分からないだろう。実際、王琳達には舞台に立つことは言っていない。

そんなことを言えば外出禁止になっていたに違いない。

菫胡としてはそうしてくれた方がありがたかったのだけれど。

「あれ？　しゅ……光はどこに？」

着付けた後から朱璃の姿が見えない。

「光様ならあそこですわ」

綺羅が指差すのは境内の真ん中だった。

この舞台袖《そで》に造られた控えの間から花道が出ていて、境内の真ん中に朱色の欄干で囲われた本舞台へと続いている。

すでに旺朱の傀儡法師による曲芸が終わり、舞い童子の演舞も終わり、今は剣舞が行われていた。

「え、まさか……」

舞台の上では能面をつけた勇猛な剣士二人が剣舞を舞っている。

そして、やけに雅《みやび》やかな一人の剣士に目が惹《ひ》きつけられた。

「あの祭好きの光様が、こんな大舞台で大人しく見ているはずがないでしょう」

綺羅は言いながらも、嬉《うれ》しそうに剣舞を見つめていた。

「ではあそこで舞っているのが……」

能面をつけていても際立った華やかさを持つ剣士が、舞台で剣を重ねている。

相手は男性剣士のようだが、力強さも勇猛さも引けをとらない。

昇り龍《りゅう》の刺繍《ししゅう》を背に、重々しい繻子織《しゅす》の舞衣《まいぎぬ》を翻して、舞台を縦横無尽に行き交っていた。衣装の重みを感じさせない軽やかな舞に圧倒される。

朱璃はどうやら最初からちゃっかり自分も登場するつもりだったらしい。

大歓声を浴びながら生き生きと剣舞を披露していた。

「あの方も……お后様の薬膳師なのでございますよね？」

ルカはやけに舞が板についている朱璃を見て、董胡にこっそり尋ねた。

董胡と違って医師らしい仕事はせず、やたらに芸団に馴染《なじ》んでいるので不思議に思ったのだろう。

「あ、ああ。うん、まあ……。光は伊達者ですから……」

「伍尭國は……貴族も平民も自由で伸び伸びと暮らしているのですね。羨《うらや》ましいです」

ルカは眩《まぶ》しそうに見つめてから、ぽつりと呟《つぶや》いた。

それは常識外れの無茶ばかりする董胡と朱璃だけに当てはまる話でしかないけれど。

そして王宮では、さすがにこれほど自由気ままができるわけではない。

「其那國は違うの？」

ルカにいろいろ聞きたいことがあったが、次々に問題が起こってまだ其那國のこともゆっくり話す暇がなかった。

「其那國は……変わってしまいました」

ルカは悲しげに俯《うつむ》いた。

「変わった？　それはどういう意味？　ルカはどうして伍尭國に来たの？　若い少女ばかりが悪い人攫《ひとさら》いに連れ去られて来たのではないの？」

そういう話は伍尭國でもたまに聞いた。

貴族の姫君が攫われることはないが、平民の娘が夜に出歩いて攫われ、妓楼《ぎろう》に売られていたという話は珍しいことではない。

其那國にもそういう悪辣《あくらつ》な組織があるのだろうと朱璃とも話していた。

若い少女が話しにくい内容だけに、なかなか話を切り出せずにいたのだ。

厨房《ちゅうぼう》で働かされていた少女達をみんな助けてあげたいけれど、組織で動いているなら下手なことはできない。

軽はずみに無謀なことをすれば余計に彼女達を危険に晒《さら》すことになってしまう。

だからまずは帝《みかど》に相談してみようと、朱璃とも話し合っていた。

けれどルカの口から出た言葉は想像もしないものだった。

「其那國は……魔物に取り込まれてしまいました」

「まもの？」

あまりに突拍子もない言葉だったので、何か其那國特有の単語なのかと思った。

「其那國の年若い娘は、みんな自ら逃げてきたのです」

「自ら？」

しかもどうして年若い娘ばかりが？

「私は行方知れずになった姉を捜すために、彼女達に紛れてやってきたのです」

「行方知れずの姉？　じゃあルカは……」

さらに問い正そうとしたところで声がかかった。

「出番ですよ、董胡様！」

「何をしているの！　早くこちらに来て！」

綺羅に急《せ》かされて、気になる会話は打ち切られた。

「あ、後でまた聞かせてね」

そう告げて、花道の手前ですでに準備している巫女《みこ》の中に交じる。

あまりに衝撃的な話を聞いて、さっきまでの緊張はどこかにいってしまった。

というか、ルカの苦難に比べれば、目の前の大舞台など些末《さまつ》なことに思える。

不安も雑念も消えて、やけに心の中がしんと静まり返っていた。

いよいよ紅拍子の舞が始まる。

大社に設《しつら》えられた御簾《みす》の中では二人の侍女頭が呆然《ぼうぜん》と大舞台を見つめていた。

「ご覧になりましたか？　王琳様」

「ええ。見間違いならよいのですが、禰古様」

二人の侍女頭は今しがた舞い終えた剣舞を見て放心していた。

「私の勘違いでなければ、今の能面の剣士は我がお后様《きさき》のように見えました」

「恐れながら、私もそのように感じました」

朱璃が舞台に上がることなど聞いていなかった二人は、朱璃の登場にひっくり返りそうになっていた。

そもそもこの観覧室に着くなり、后二人はそそくさと医官服に着替えて部屋から出て行こうとした。

「ど、どこに行かれるのですか、朱璃様」

「このように人の出入りの激しい場所で后の席を空けてどうなさるのです、鼓濤様」

必死に呼び止める侍女頭にも、朱璃は呑気《のんき》な笑顔を向ける。

「ほら、せっかくの愛弟子《まなでし》のお披露目でしょう？　そばにいて舞台に送り出してあげたいのですよ。綺羅の舞台が終わったら戻ってきますから」

「ごめんね、王琳。なるべく早く戻るから」

朱璃だけでなく鼓濤までも。

「鼓濤様は関係ないではないですか！　どうして鼓濤様まで……」

しかし二人は王琳の言葉が終わるまえに部屋から出て行ってしまっていた。

「なんと勝手なことばかり」

「お二人共この大社に到着してから、まともに部屋にいたためしがありませんわ」

「もう堪忍袋の緒がきれましたわ、王琳様」

「ええ、禰古様。二人がお戻りになったら、今日こそはきつく言わせてもらいましょう」

怒り心頭で結束した二人だったが……。

さすがに后が舞台にまで上がるとは思ってもいなかった。

怒りを通り越して放心状態になっている。

「お二人供、もう諦《あきら》めて下さいませ。ねえ、茶民」

「あのお二人が破天荒なのは今に始まったことではございませんわ。ねえ、壇々」

王琳よりも長く董胡といた茶民と壇々は、今では開き直るということを覚えた。

「それよりも、ほら次の演目が今回の目玉、羅貴人《らきじん》の紅拍子ですわ」

「せっかくなら楽しまないと損ですわよ」

羅貴人というのが綺羅の芸名だった。今様を舞う男装の舞人だ。

茶民と壇々は御簾の近くまで乗り出して、舞台をわくわくと見つめる。

「あ、舞手が出て参りましたわ」

「まあ、素敵！　なんて美しい紅拍子様でしょう」

「先ほどの剣士様も素敵でしたけれど、こちらは少年のような舞人ですこと」

「目も眩《くら》むような美少年ですよ。見て下さいませ、王琳様、禰古様」

二人に誘われて、禰古と王琳も思い直したように御簾に近寄った。

真っ赤な水干に白い長袴《ながばかま》を穿《は》いた羅貴人が、片膝《かたひざ》を立てて拝座の姿勢になっている。

頭には縦長の赤い冠を付け、長い黒髪は左右に一束ずつ垂れていた。胸元と袖口《そでぐち》には白い菊綴《きくとじ》が留め付けられ、腰には長い刀を佩《は》いている。その表情は幼くも凜《りん》としていて、人を魅了する妖艶《ようえん》さを持っていた。

「綺羅ですわ。昔から覚えのいい子でしたけれど、ついに紅拍子にまで登りつめたのね」

「鼓濤様もご存じの方ですわね。まだずいぶんお若いようですね。

「紅拍子の最年少ではないかしら。後ろの巫女舞も若いようですね。他の紅拍子に比べると小柄な一団ですわ。異色の存在として人気が出るかもしれませんわね」

続いて、羅貴人の後ろにいる三人の巫女が本殿に向かって跪《き》拝《はい》をしていた。

長い黒髪は真っ赤な幅広の紙で結わえられ、頭上には小さな冠を着けている。

小柄で初々しい巫女達の姿が、これまたなんとも愛らしい。

「禰古様は紅拍子をよくご存じなのでございますね」

「朱雀にいた頃は、光貴人の舞台をお忍びで観に行っていましたから。光様の後ろで舞っていた子達もよく覚えていますわ。巫女もみんな見知った顔です」

ドンドンドンと太鼓が鳴り響き、羅貴人が立ち上がる。

蝙蝠《かわほり》扇を広げて優雅に舞い始めた羅貴人の後ろで、三人の巫女も立ち上がった。

それぞれが手に持った鈴をシャンシャンと鳴らしながら、巫女の舞も始まる。

薄地の白い千早がふわりと広がり、朱色の袴《はかま》が舞台によく映える。

真っ赤な紅が少女達の顔に初々しく、清楚《せいそ》な舞に心が洗われるようだ。

愛らしく、くるくると舞い踊る巫女を見て、禰古は「おや？」と首を傾げた。

「あら？　一人だけ知らない舞妓《まいこ》がいますわ。ずいぶん濃い化粧をしていますが、目の大きな美しい子ですわね。誰かしら？」

「ああ。あの巫女の中で目立っている子ですね？」

「舞は拙《つたな》いけれど、不思議な輝きを放つ子ですわね。新人かしら？」

巫女は鈴を手に、羅貴人の後ろでやけに真剣な表情で千早を翻して舞っている。

全身全霊を捧《ささ》げるようなその無心の様《さま》に、王琳は心打たれる気がした。

「本当に。どこか心惹《ひ》かれる舞妓ですこと」

珍しく王琳が食い入るように見つめる。そして「ああっ！」と叫んだ。

「ど、どうなさいましたの、王琳様？」

「大声で叫ぶほどお気に召されたのですか？」

いつも冷静な王琳の叫び声に、茶民と壇々は驚いた。

王琳は目を見開いたまま固まっている。

「私は……見てはいけないものを見てしまったようでございます……ああ……」

さらに呟《つぶや》くと、頭を抱えてふらりと眩暈《めまい》を起こしてしまった。

「大丈夫でございますか、王琳様？」

「眩暈を起こすほど夢中になられたの？」

王琳は侍女達に支えられ気丈に体を立て直すと、再び舞台を見つめて絶望を浮かべた。

「なんということでございましょう。侍女頭の私がついていながら……」

「先ほどから何をおっしゃっていますの？　王琳様」

「今日はお役目のことは忘れて楽しみましょうよ。お后様二人もいないことですし」

茶民と壇々はどこまでも呑気だった。

「ええ、ええ。お二人とも、早々に慌ただしく出ていかれました。その理由がやっと分かりましたわ」

「理由？」

茶民と壇々は、まだきょとんと首を傾げている。

そして二人は久しぶりに冷気を放つほどの冷ややかな王琳の声を聞いた。

「どうやら鼓濤様を甘やかし過ぎたようでございます。もう少しきつくお灸《きゅう》をすえなければならないようでございますわね……」

殺気すらも感じる王琳の言葉に、茶民と壇々が震えあがったのは言うまでもない。

こうして羅貴人の初お披露目の舞台は大成功の内に幕を閉じ、表面上は滞りなく終了したのだった。

# 八、隠れ庵

祭主がすぐに降るだろうといった雨は、四日が過ぎてもまだ降らなかった。

晴天ではなく、じめっとした曇り空が続いている。

「大社の周辺は曇りの日が一番出掛けるのにいいらしいよ」

菫胡は部屋の外を眺めながら、誰にともなく呟いてみる。

この辺りは、晴天の日の方が突然の局地的な大雨になることが多いらしい。

「明日から雨が続いたりしたら困りますからね。出掛けるなら今日ですね」

朱璃も菫胡の隣に並んでわざとらしく同調した。

二人共すでに出掛けるつもりで医官服に着替えている。

菫胡などは薬籠《やくろう》まで背負っていた。

ちらりと背後を窺《うかが》うと、王琳と禰古が目を吊《つ》り上げて二人を睨《にら》み上げていた。

「お忘れですか？　こちらに到着してからすでに毎日出掛けておいででございますよ」

「お后様のおられぬ部屋で、我ら侍女がどれほどやきもきと過ごしているかお分かりでございましょうか？」

侍女頭達はにこりとも笑わず答える。

后《きさき》が留守の部屋には、大宮司の案内で商人が土産物を見せにくることもあるらしい。

茶民と壇々は、鼓濤の代わりに大喜びで品定めをして買い付けているらしいが、御簾《みす》の中で后がいるかのように振る舞う王琳は大変らしい。

もちろん朱璃の侍女達も同じだ。

「も、もちろん分かっているよ。心配をかけて申し訳ないと思っているんだよ」

「でも限られた時間のうちに動かなければ、白虎に来た意味がないでしょう？」

董胡と朱璃は侍女頭達の機嫌を取りながら説得を試みる。

「その限られた時間をずいぶん有意義に使っていらっしゃるようでございますね」

「まさか后が二人揃って芸団の舞台に上がるなどと……」

舞台に上がったことはばれないだろうと思っていたが、甘かった。

茶民と壇々は気付かなかったようだが、后愛の強い侍女頭達にはすぐにばれてしまったようだ。

「で、でもほら、何事もなく終わったことだし、ね」

「董胡も私も、なかなかの舞だったでしょう？　評判も良かったみたいですよ」

にこりと朱璃が微笑みかける。

「そりゃあ、まあ……久しぶりに光貴人の舞を見ることができたのは嬉《うれ》しいですが」

「禰古様、取り込まれてはだめですよ」

危うく朱璃の笑顔に流されそうになった禰古を、王琳が再び引き戻す。

「そ、そうですわ。もう朱璃様のその手には乗りませんわ。事の重大さを考えて下さいませ。世間の者が知ったらどのような騒ぎになったことでしょう」

「帝《みかど》がお知りになれば、もう二度とお二人の外出を許さないことでしょうね」

董胡と朱璃はぎょっとして慌てる。

「み、帝には言わないよね？　余計な心配をかけてもあれだし……」

「もう終わったことですから、今更心配させるようなことを言わなくても、ねえ」

董胡と朱璃は帝の名を出されて、さすがに蒼白《そうはく》になっていた。

「その心配をかけるようなことをしたのは誰でございましょうっ!!」

「言われて困るようなことをするからでございますかっ!!」

堪忍袋の緒が切れたように、二人が怒鳴り上げた。

「いい加減にして下さいませ！」

「ご自分が皇帝の后だというご自覚はおありですか？」

「男装してご自分が姫君だということを忘れてしまったのではないでしょうね」

「我らは后に仕えているのですか？　やんちゃ盛りの悪童に仕えているのですか？」

ここまで怒られたのは初めてだ。

結束した侍女頭二人は手強《てごわ》い。

「董胡。このままでは埒《らち》が明かないようです」

朱璃はまずいと思ったのか、突然菫胡の手を握った。

「え？」

そして驚く菫胡の手を握ったまま、戸口に向かって駆け出した。

「逃げますよ」

「ええっ⁉」

朱璃は呼び止める侍女頭に振り返ることもなく、戸口に置いてあった二人分の蓑笠《みのかさ》を引《ひ》っ摑《つか》んで廊下に駆けだしていた。

「朱璃様っ‼」「鼓濤様っ‼」と廊下まで叫ぶ声が聞こえている。

けれど姫装束の侍女頭達が袍《ほう》服の菫胡達に追いつくはずがない。

そのまま、一気に階段を駆け下りて大社から脱出していた。

本当にやんちゃな悪童になった気分だ。

麒麟寮にいた頃は、問題児の医生仲間を注意する優等生側だったはずなのに。

いつの間にこんなことになってしまったのか。

朱璃と行動を共にしてから、果てしなく問題児側に染まってしまっているようだ。

「さあ、蓑笠を被《かぶ》って、ルカのところへ急ぎましょう」

けれどすべては菫胡のためにしてくれていることだ。

（私のためというか、たぶん面白がっているのだろうけれど）

戻った時の王琳と禰古が恐ろしいが、こうなったらもう突き進むしかない。

◆

菫胡と朱璃は芸団の天幕にルカを迎えに行くと、すぐにそのまま出掛けた。

昨日途中だった話は、結局あの後聞く暇がなかった。

その話を朱璃にすると、興味を持ったようだ。

「白龍様を捜すついでに、そのルカの行方知れずの姉とやらも一緒に捜してあげましょう。其那國のことももっと聞きたいですしね」

そういう訳で今、ルカと共に白虎の中心街を歩いていた。

垂《た》れ布《ぎぬ》のついた蓑笠で歩いていると、町中でもさほど目立たない。

百滝の大社詣《もう》での女性や、裕福な町人なども蓑笠を被っている者が多く、商売で成功した商人などは貴族のように輿《こし》に乗る者もいるらしい。

かと思えば没落した貴族の中には、平民よりひどい身なりの者もいる。

良くも悪くも金が物を言う町らしい。

通りには大社詣での土産物屋が並んでいて、団子屋や茶屋も軒を連ねている。

人通りも多く、雑多な人々で賑《にぎ》わっていた。

「それで……お姉さんはどうして行方知れずになったの？」

町を散策しながら、ルカの身の上話を聞いていた。

「姉は……魔物から逃げたのです」

また『まもの』だ。巨大な化け物でも現れたというのだろうか。

「その『まもの』っていうのは一体なんのこと？」

「魔物とは……」

ルカはひどく怯《おび》えたように、きょろきょろと辺りを窺った。

「追っ手がいるの？」

董胡と朱璃も周辺を見渡した。

「い、いいえ……。さすがに伍尭國にまではまだ来ていないと思います。だからみんな船に潜り込み、この国に逃げてきたのです」

けれどその『まもの』の話をするだけでも恐怖が蘇《よみがえ》るらしい。

「どこか店に入りましょうか」

朱璃が尋ねると、ルカは首を振って告げた。

「隠れ庵《あん》に……」

「隠れ庵？」

「隠れ庵の社《やしろ》に行きたいのです。其那國から逃げてきた女性は百滝の大社にいなければ、妓楼《ぎろう》か隠れ庵だろうと聞きました」

董胡と朱璃は顔を見合わせた。

「百滝の大社の元大宮司様が町はずれに女性が逃げ込める隠れ庵を作っているそうです。

船に潜り込んだ女性はみんな、そこを目指していました」

うまく逃げ切れれば、その隠れ庵に辿《たど》り着いているようだ。

そこにいなければ、ルカの姉はすでに妓楼に売られているのかもしれない。

数多くある妓楼を捜すとなると、滞在期間の残り少ない董胡達には無理だろう。

「では……まずはその隠れ庵に行ってみましょう」

幸運を祈るしかない。

◆

「ここが隠れ庵か……」

半刻《とき》ほどで、董胡達は町はずれの小高い山の上に建つ社を見上げていた。

有名な場所らしく、少し聞けば誰もがすぐに教えてくれた。

三百段とまではいかないが、長い階段の上に思ったよりも大きな建物があった。

「ここも麒麟の社の一つなのかな」

斗宿にあった麒麟の社も、もっと小規模なものだったが困った人の世話をしたりしていた。麒麟の社と一口にいっても、密偵用の隠れ家などいろいろあるようだ。

(もしかして楊庵もここに寝泊りしているのかな?)

王宮を出てからまだ一度も会っていないが、今もどこかで見守ってくれているのだと思う。

　階段を上りきると大きな門があり、番兵のような大男が二人立っていた。

　そしてすぐに呼び止められる。

「待て！　ここは女性以外通せない」

「関係者以外の男は立ち入り禁止だ」

　町娘姿のルカはいいのだが、袍服姿の董胡と朱璃は止められた。

　実際は全員女だったが、ここで女だと白状するわけにもいかない。

「私達は彼女の姉を捜すために付き添ってきたのです」

「こちらの神官様とお話しできませんか？」

　長い木刀を目の前で交差されている。

「だめだ、だめだ！　そう言って逃げた妻を捕まえにきた男が何人もいる」

「見知らぬ男が入ってくるだけで中にいる女性達が怯えるのだ」

　様々な理由で過酷な目に遭ってきた女性達が匿《かくま》われているのだろう。

「仕方がない。私達はここで待ちましょうか、董胡」

「ルカだけ入ってお姉さんがいないか尋ねてみる？」

　諦《あきら》めて待つつもりだった董胡達だったが、ふいに門の中から声がした。

「なんの騒ぎですか？　どうかしましたか？」

　白い着物に浅葱色《あさぎいろ》の袴姿《はかますがた》の白髪の神官が門から顔を出す。

頭には神官の小さな冠を着け、清廉な印象を持つ顔には、人の好さそうな皺《しわ》が深く刻まれている。女性が安心して頼れそうな風貌《ふうぼう》を持つ人物だった。

「宝庵《ほうあん》様。この者達が神官様と話したいと言いまして……」

「男は立ち入り禁止だと断っていたところです」

番兵の話を聞いて、宝庵と呼ばれた神官は董胡と朱璃に視線を向けた。

「少し……お姿を拝見してもよろしいか？」

宝庵は蓑笠を被ったままの董胡と朱璃に尋ねた。

董胡達は少しだけ垂れ布を開いて宝庵に姿を見せる。

「もしやと思いましたが……そのお衣装と背負っておられる薬籠《やくろう》から考えて……お二人は王宮の医官でいらっしゃいますか？」

どうやら宝庵は、垂れ布から垣間《かいま》見える紫の袍服が気になって声をかけたらしい。

「いかにも。我らは王宮の医官です。よくお分かりになりましたね」

まったくの偽医官である朱璃が、威厳たっぷりに答える。

偽者なのに董胡よりも医官らしく見えるからすごい。

「やはりそうでしたか。私は実は昔、王宮の医官だったことがございましたので、懐かしくて声をかけてしまいました」

「神官様が王宮の医官だったのでございますか？」

董胡は驚いて聞き返した。

「ええ。白虎の麒麟寮で学び、しばらく王宮の医官として働いていました。その後、百滝の大社の大宮司に命じられ、今はこちらの社の宮司を務めております」

神官は麒麟の血筋の者しかなれない職だが、中には医師の免状を取る者もいる。

各地にある麒麟の社には怪我や病気で助けを求める者も多く、医師免状があることは大いに役に立つ。神官としてできれば持っておきたい免状でもあった。

だが難関の医師試験に受かる者は少なく、簡単ではない。

この宝庵は、神官の中でも華々しい経歴と言っていいだろう。

「最近はあなた方のように若い医官も働いているのですね。私が働いていた当時は、年寄りばかりでございましたが」

「え、ええ。まあ……」

そんな風に言われると、正規の医官ではない董胡は心苦しい。

朱璃に至っては、袍《ほう》服さえ偽物なのだからばれないか冷や冷やした。

「私も久しぶりに王宮の様子など聞いてみたいものです。良ければ中で少し話していかれますか？」

まさかの宝庵の方から誘ってくれた。

躊躇《ためら》う董胡の代わりに答えたのは、もちろん朱璃だ。

「ありがとうございます。喜んで」

自分が偽医官だということも完全に忘れているようだ。

「どうぞ、こちらへ」

　こうして宝庵に誘われるままに、董胡達は社殿に案内された。

　社殿といっても小さな本殿と客間のような部屋があるだけの建物だった。

　むしろその裏手にある大きな建物が気になった。

「あれは……芍薬《しゃくやく》ですか？」

　建物の手前の花壇には、赤と白に色づいて固く結実した蕾《つぼみ》がいくつか見えていた。

　牡丹《ぼたん》の蕾によく似ているが、花の付き方や樹高が違っている。

　王宮を出る前は后宮《きさきぐう》の牡丹が満開だったが、季節はいつの間にか芍薬の咲く時期に移り変わっていた。

「それにしても大きな蕾ですね」

「あれは其那國原産の芍薬なのです。伍尭國のものより花びらが多く大輪の花を咲かせます。白虎では数年前から観賞用に育てる商人が増えているのです」

「観賞用ですか」

「裕福な平民商人が好んで庭先に植えているようです」

　宝庵の言葉に朱璃が肯《うなず》いた。

「牡丹は貴族の花と言われていて、平民が庭に植えるのは憚《はばか》られますからね。似たような花を咲かせる芍薬を、代わりに植えるようになったのでしょうね」

そういう傾向は朱雀の妓楼《ぎろう》でもあるらしい。

董胡にとっては花の美しさよりも、生薬としての効能の方が重要だ。

立派な芍薬を見ると、秋に根を掘り起こしてみたくてうずうずする。

(其那國の芍薬も効能は同じだろうか)

芍薬と一口に言っても、実は「赤芍《せきしゃく》」と「白芍《びゃくしゃく》」がある。

花の色の違いではなく、根の皮がついたまま乾燥させたものが「赤芍」で、根の皮を取り除いて湯通しして乾燥させたものを「白芍」と言う。

「赤芍」は主に浄血解毒に使われ、「白芍」は滋養補血や鎮痛、鎮痙などに用いられ、婦人病に多用される生薬だった。

つい探求心がむくむくと湧いてくる。しかも。

「なにか……生薬の匂いがしますね……」

董胡は花壇の方をくんくんと嗅《か》いで呟《つぶや》いた。

芍薬は香りの強い花だが、それとは違う。もっと複雑な匂いだ。

「ほう。さすが医官ですね。気付かれましたか」

宝庵は感心したように、董胡に微笑んだ。

「ここは実は私が私財を投じて建てた社なのです」

「私財を投じて?」

では麒麟の社ではなく個人の建物なのだ。

「それゆえここで暮らす者達を養うための生活費が必要になります。裏の畑で野菜なども自作しておりますが、それだけでは足りません。ですので、あちらの屋舎にて丸薬を作っております。それを売って、なんとか生計を立てているのです」

どうやら匿われている女性達と一緒に薬を作っているらしい。

あの花壇の芍薬も、その薬材の一つなのだろう。

「そうだったのですね」

宝庵は、あの壮大な百滝の大社の大宮司だったと言っていた。

神官の頂点と言ってもいいような場所から、この隠れ庵《あん》の宮司になったのだ。

それは何らかの志《こころざし》によってなのか、それとも何か訳があるのか。

「ですので形式上、宮司と名乗っておりますが、正式な役職ではございません」

客間に董胡達を案内してお茶を出しながら、宝庵は話を続けた。

そして部屋の隅にまだ突っ立ったままのルカに、穏やかな目を向ける。

「お嬢さんも蓑笠《みのかさ》をとってお座りなさい。何か訳があって来られたのでしょう？」

宝庵に声をかけられ、ルカは恐る恐る蓑笠をはずした。

「…………」

其那國特有の金茶色の髪と紺碧《こんぺき》の瞳《ひとみ》を見ても、宝庵は驚かなかった。

「やはり……其那國の人でしたか」

蓑笠をつけて董胡達の脇に立っていた時から気付いていたらしい。

「さあ、お座りなさい。よくここまで辿《たど》り着きましたね」

慣れたように言う様子から、何人も迎え入れてきたことが窺《うかが》えた。

ルカが遠慮がちに座ると、宝庵は董胡達に尋ねた。

「このお嬢さんとどちらで？」

董胡と朱璃は、これまでのいきさつを宝庵にかなりざっくりと話した。

宝庵はすべて分かっているように肯いた。理解が早い。

そして聞き終えると、簡潔に問いかけた。

「では、ルカさんのお姉さんを捜しているのですね？」

宝庵に尋ねられ、ルカはこくりと肯く。

「ここに今いる其那國の女性は五人です。けれど皆、見つかることを恐れ、ここにいることを知られたくない者ばかりです。あなたの名前と事情を話して、名乗り出る者がいれば連れてくるぐらいしかできませんが。それでもいいなら使いをやりましょう」

ルカが了承すると、すぐに部屋を出て屋舎に使いを出してくれた。

「この時間ならみんな屋舎にいるはずです。少しお待ち下さい」

言いながら戻ってきた宝庵に、董胡は尋ねた。

「あの……大社の祭主様が其那國の少女を妓楼に売っているというのは本当なのでしょうか？」

大社で大宮司をしていた宝庵ならば知っているのかもしれない。

けれど宝庵は、困ったように董胡に別の質問を返した。

「あなた方は……もしやお后様に付き添われて来られた医官ではございませんか？」

「それは……」

口ごもる董胡達を見て理解したようだ。

「やはりそうなのですね。このお嬢さんと百滝の大社で会ったということは、そういうことなのかと思いました。后詣《もう》での行列はずいぶん話題になっていましたから、お后様が大社にお泊りになっていることは聞いています」

これ以上隠すのは無理だろうと、董胡は肯いた。

「はい。我らはお后様の専属医官です」

董胡の返答を聞いて、宝庵は少し声をひそめて尋ねた。

「ならば……お后様を通じて皇帝にお伝えすることができますか？」

「それは……祭主、泰全様の悪行を帝《みかど》に伝えるということですか？」

しかし宝庵は「いいえ」と首を振った。

「そのような些末《さまつ》な悪事ではございません」

「些末？」

充分重大な悪事に思えるが、と董胡と朱璃は顔を見合わせる。

そして宝庵は覚悟を決めたように告げた。

「帝に伝えて頂きたいのは、其那國の内乱のことでございます」

「内乱⁉」

思いもかけない話に、董胡と朱璃は声を上げた。

ルカを見ると青ざめた顔で俯《うつむ》いている。

そして宝庵はさらに驚くべき話を続けた。

「其那國の様子がおかしいという噂は、すでに一年以上前から出ておりました」

「一年以上も前から⁉」

そんな話はまったく知らない。

「しかし、先代の皇帝が病に臥《ふ》せって急逝し、新しい皇帝に替わったばかりの混乱の中で、他国のことまで手が回らないのだろうと私は思っていました」

「それは確かにそうですが……」

黎司が即位してからの半年は次々に難題が持ち上がり、確かに薄氷を踏むような日々だった。手が回らないといえば、そうかもしれないけれど……。

「でも……。だからといって、そんな重大な情報に対処せず放っておくなんて……」

黎司がするだろうか？　いや、絶対にしない。

「私は今回の后詣での話を聞いて、ようやくおかしいと気付いたのです。おそらくどこかで情報が遮断されているのでございます。あるいは泰全殿が関わっているのかもしれません。彼ならば白虎の麒麟の社すべてを牛耳ることも可能でしょう」

ではは黎司はまだ知らないのだ。

「ですが誰が情報を止めていたかよりも、まずは其那國の内乱をなるべく詳しく帝にお伝えすることが先決です」

「はい」

董胡と朱璃は神妙な顔で肯《うなず》く。

そして宝庵が語る内容は驚くべきものだった。

「其那國には伍尭國の麒麟と同じように特別な神通力を持つ神官のような一族がいます」

「神官のような一族？」

そんな話は初めて聞いた。

「けれど、彼らは麒麟とはまったく違う。我が麒麟の皇帝は神のような存在ですが、そのような表現で表すならば、彼らは魔物と言ってもよいでしょう」

「魔物……」

それはずっとルカが言おうとして、恐怖で説明できずにいた言葉だ。

「『マゴイの一族』と其那國では呼ばれています」

「マゴイの一族？」

「彼らは、生まれた時からはっきりとその血筋である『印』を持っているのです」

「印？」

董胡と朱璃は同時に聞き返した。

「ええ。彼らは全員銀の髪を持って生まれてくるのです」

「銀の髪……」

朱璃も聞いたことがないようだった。

「彼らは別名『銀の髪族』とも呼ばれ、其那國の王家に仕える一族として、細々と血脈を保っていました。しかし外部に知られることはほとんどなかった。なぜなら一族の人数が非常に少なく、秘された存在だったからです」

麒麟の王家も直系はぎりぎり人数を保つほどだったが、『麒麟の一族』というくくりなら、各地に神官を派遣できるぐらいに大勢いる。

「マゴイの一族はそんなに希少な存在だったのですか？」

「最少の時には一世代に一人しかいなかった時代もあるようです」

宝庵は確認するようにルカに視線をやったが、ルカは俯いたままだ。

「一人？　一族が一人だけということですか？」

それは少ないどころの話ではない。存続の危機だ。

「けれど、近年になって少しずつ一族の人数が増え、ついに数年前、そのマゴイの一族から王家の血を引く男児が生まれたそうなのです」

「王家の血を引く男児ということは……」

「マゴイの一族の娘が、其那國の王子の子を産んだのです」

宝庵が補足して説明した。

「銀の髪の、王家直系男児が生まれたということですか？」

朱璃が尋ねる。

「ええ。長い歴史の中で初めてのことだそうです。なぜなら、マゴイの一族は子が生まれにくい上に、女児が生まれることが少なく、さらに大人になるまで育たないという噂なのです」

「子が生まれにくい？」

それで一族の人数が増えなかったということか。

さらに女児が生まれにくく育たないということがあるのだろうか。

まるで子孫繁栄を阻止されているような一族だ。

伍尭國では、確かに男児の方が多く生まれるが、女児の方が健康で育ちやすい。

結果的に男女ほぼ同じぐらいの人数になっていると聞いたことがあった。

けれど世界にはいろんな種族がいて、伍尭國とは違う特性があることも否定できない。

「直系男子継承の其那國の後継は、現在マゴイの男児だけだという話です。王子には他の妃《きさき》に二人の男児が生まれたそうですが、皆すぐに死んでしまったとか……」

「それはまさか……」

（マゴイの一族による暗殺？）

董胡の無言の問いかけに、宝庵は「分かりません」と答えた。

「ただ、其那國の王と王子はマゴイの一族の言いなりで、つい先ごろ重臣がほとんど銀の髪で固められてしまったと聞いています。要するに政変です」

「政変……」

董胡と朱璃は事の重大さに顔を見合わせた。

これは確かに泰全の悪事どころではない。

そして董胡は、はっと気付いた。

「もしかして、其那國の少女達が伍尭國に逃げてきていることと関係が？」

大社の大宮司達は最近急に不法移民が増えたと言っていた。

「はい。実は……」

宝庵が答えようとした、その時だった。

「ルカッ!!」

がらりと戸口を開けた女性が叫んだ。

金茶色の髪と紺碧《こんぺき》の瞳《ひとみ》という其那國の容姿だ。

ルカより髪が短くて耳にかかるぐらいの、すらりと背の高い女性だった。

「ナティアお姉様！」

ルカは叫んで立ち上がった。

「本当にルカなのね！　こんな所までどうやって……」

言いながら駆け寄り、ルカを抱き締めた。

ルカは「わっ！」と泣き出して、其那國の言葉で何か言っている。

其那國の言葉を初めて聞いたが、不思議な発音があり、さっぱり聞き取れない。

姉の方も何か答えているが、もちろん分からない。

けれど無事を喜び合っているのは、なんとなく分かった。

「ここにお姉さんがいたみたいだね」

「良かったですね。ここにいなければ見つけられないだろうと思っていました」

董胡と朱璃もほっとした。

ルカは歳の割にしっかりした子だと思っていたが、背の高い姉に抱き締められている様子は、まだまだ幼い子供のようだった。

成人女性だとみられる姉は朱璃と同じぐらいの背の高さだ。

朱璃は伍尭國の女性ではかなり背の高い部類なので、其那國の人々は少し大柄な体格なのかもしれない。

やがて一通り再会を喜び合うと、姉が流暢《りゅうちょう》な伍尭國の言葉で礼を言った。

「ルカを助けて下さったのはあなた達なのですね。本当にありがとうございました」

其那國の言葉で董胡達のことも話していたようだ。

彼女も両方の言葉が話せるらしい。

「私はナティアと申します。半年ほど前に其那國から逃げて伍尭國にやって参りました。そして幸運にも宝庵様に拾われ、ここで働いています」

歳は十九歳だという話だった。

短髪のせいか、年より大人びてしっかりした雰囲気の女性だった。

「あなたも逃げてきたのですね。其那國でいったい何があったのですか？」

「私達に教えてくれませんか？　悪いようにはしませんから」

董胡と朱璃が告げる。

「それは……」

しかしよほど言い辛《づら》いことなのか、ルカと同じように口ごもってしまった。

けれどここまで関わってしまったからには、聞かなければならない。

さらに問いかけようとしたところで……。

「宝庵様っ！　来客中、失礼致します。よろしいでしょうか？」

部屋の外から切羽詰まった声が聞こえた。

「どうしたのですか？」

宝庵が問いかけると、緊迫した様子の掠《かす》れた声が告げた。

「ニーナが……ニーナが産気づいたようでございます」

宝庵は青ざめた顔で立ち上がった。

「ニーナが……ついに……」

「出産でございますか？」

ここには乱暴な夫から逃げてきた妊婦もいるのだろう。

まだ話の途中だが、今日はお暇《いとま》するべきかと朱璃に目配せする。

しかし宝庵は、縋《すが》るように董胡と朱璃に懇願した。

「どうか……一緒に……立ち会ってもらえませんか？」

「え？　産巫女《うぶみこ》のような方はいないのですか？」

お産は本来、医師の仕事ではない。

貴族や麒麟の社でのお産には産巫女と呼ばれる人がいるし、平民では取り上げ婆《ばば》と呼ばれる人がいる。

「もちろんいます。先日より国一番と評判の産巫女に滞在して頂いています」

「ならばその方に……」

しかし宝庵は首を振る。

「産巫女だけでは後の処置ができないのです」

「後の処置？」

何か問題のある出産なのだろうか？

「お恥ずかしながら、私一人では対処できない出産なのです。だから、どうか……」

「…………」

そこまで頼まれて、断ることもできず董胡と朱璃は出産に立ち会うことになった。

# 九、十五ヵ月児

菫胡達が通されたのは広い屋舎の一室で、女性達が寝泊りしている部屋の一つだった。

真ん中に布団が敷かれ、苦しそうなうめき声をあげる妊婦がいた。

(やはり其那國の女性か……)

金茶色の髪と紺碧の瞳だった。ニーナという名から、そうだろうと思っていた。

周りには湯を運んだり、大量の手拭《てぬぐ》いを持ってきたり、ばたばたと走り回る女性達が行き交っていた。皆この隠れ庵《あん》で世話になっている女性達だろう。

そしてその中央に見知った顔を見つけて驚く。

「犀爬《さいは》っ!!」

先日、雪白の懐妊の診断で会ったばかりの犀爬がいた。

白い前掛けをつけて、妊婦の足元で今にも生まれそうな赤子に備えていた。

国一番の産巫女というのは犀爬のことだったのだ。

「あんたは……」

犀爬は菫胡に気付くと、嫌そうに眉根《まゆね》を寄せた。

そういえば嫌われていたのだった。

綺羅といい、最近どういうわけか女性に嫌われがちだ。

「犀爬殿とお知り合いでしたか」

宝庵が言いながら妊婦の脈を確認している。

「なんでお后様《きさき》の薬膳師《やくぜん》がこんなところにいるんだよ」

先日会った時は尊武の前だったせいか、もう少し丁寧な言葉遣いだった気がする。

以前より辛辣《しんらつ》さが増しているようだ。

「ああ……。そういえば、お后様方は優雅に子宝祈願にいらっしゃったのだっけ？　あんたもそれに付き添ってきたのか。呑気《のんき》でいいね」

「なんですか、この口の悪い子は？」

董胡の代わりに朱璃がむっとして言い返した。

「あ、あの、光。この人は白虎のお后様の懐妊を診察した産巫女なんだ」

「ああ……先日の？」

董胡が説明すると、朱璃は気にくわないという顔で犀爬を睨《にら》んだ。

そんなぴりりとした空気を打ち破るように、ニーナが「ぎゃあああ！」という雄叫《おたけ》びを上げる。

「うあああ……たすけ……て……ううあ……お願い……」

伍尭國の言葉で懇願して、宝庵に手を伸ばしていた。

「難産のようですね」

董胡は妊婦のそばに座り、脈診と舌診、そして顔色を確認する。

「今のところ脈は速いですが、命の危険があるような状態ではありませんね。宝庵様」

宝庵は肯《うなず》いた。

「はい。そうなのですが……」

「この苦しみようは逆子か、臍帯巻絡《さいたいけんらく》ですか？」

逆子は文字通り、お腹の胎児が頭を下にしなければいけないのに上にしている状態。

臍帯巻絡は要するにへその緒が胎児に巻き付いている状態だ。

医師がお産に呼ばれることはないが、異常出産の予後を看《み》ることはあるので、最低限の知識は持っている。

しかし宝庵は「……違います」と答えた。

「だったら……」

そして妊婦の腹を見て異常さを感じた。

「これは……」

腹が大き過ぎる。

腹に掛けていた肌掛けの膨らみかと思ったが、すべて腹の大きさだった。

「双胎ですか？　稀《まれ》にあるとは聞いたことがありますが」

腹に二人の子を宿す。

だが残念ながら、今の伍尭國では二人共無事に生まれることはほとんどない。

玄武の最新の医術をもってしても、一人無事に生まれれば御の字だ。

下手をすれば母体もろとも命の危機に瀕《ひん》する。

だが犀爬は「違う」と首を振った。

「子は男児一人だよ」

「男児一人……」

そういえば、犀爬は胎児の性別まで分かる麒麟の能力があるのだった。

「では過期産ですか」

過期産は産み月を過ぎたのに生まれない出産のことだ。

「このお腹の大きさを考えると、相当過ぎているようですね。十日以上ですか？」

董胡が問いかけると、宝庵は青ざめた顔で「いいえ」と答えた。

「え？　もっと過ぎているのですか？」

だったら胎児はもしかして腹の中で死んでいるのかもしれない。産み月を過ぎれば過ぎるほど、胎児の状態は悪くなっていく。

(二十日以上過ぎているならまずいな)

けれど犀爬は信じられないことを告げた。

「妊娠十五ヵ月だよ」

「は？」

聞き間違いかと思った。しかし……。

「彼女は一年以上前に伍兗國に逃げてきた。そして懐妊するような行為があったのは、それより数ヵ月も前だそうだ。計算してみると、現在十五ヵ月に入ったところだ」

「な……まさか……そんなこと……」

董胡は唖然《あぜん》とした。

十五ヵ月なんて聞いたことがない。過期産どころの話ではない。

「彼女が日付を勘違いしているのでは？　そんなことあり得ない」

十五ヵ月も腹にいたら、胎児は通常の倍以上の大きさになる。産むなんて無理だ。

いや、そもそも胎児が生きているとは思えない。

けれど犀爬は肩をすくめて言った。

「あり得ないと言われても、実際に目の前にあり得ているんだよ。胎児も生きている。全力で腹から出てこようとしているんだ」

「馬鹿な……」

朱璃が信じられないように呟《つぶや》いた。

董胡達が話している間にも、妊婦は痛みの波と共に悲愴《ひそう》な叫び声を上げている。

「私だってこんなのは初めてだ。信じられないけれど、胎児の頭が出ようとしてさっきから骨盤をすごい勢いで突いてくる。そのたび妊婦に激痛が走っているようだ」

「児頭骨盤不均衡か……」

胎児の頭が大き過ぎて骨盤を通過できないのだ。

現在の伍尭國の医術では残念ながら手の打ちようがない。

医術が発達したと言っても、まだまだお産で命を落とす女性は多い。

下から生まれないのなら、腹を切って取り出すしかないが、そんな医術は認められていない。それに胎児は辛うじて助かったとしても母体の死は免れない。

そして、はっと気付いた。

「もしかして……尊武様なら……」

董胡の呟きに犀爬が視線を向けて肯いた。

「尊武様は其那國で切開術を見たとおっしゃっていた。腫《は》れ物を取り除く術として其那國では切開術ができる医師が何人かいたそうだ」

犀爬も尊武から聞いていたらしい。

西方の国と聞いたが、それは其那國のことだったようだ。

「私は実際に尊武様が傷口を縫われるのを見ました」

「尊武様の切開術を見たの？」

犀爬は驚いてから、少しむっとしたように董胡を睨んだ。

そして黙って聞いていた宝庵が、ふいに口を開く。

「其那國でそのような医術が発達したのは、腫れ物を取り除くためではありません」

「え？」

董胡は驚いて宝庵を見た。

「それはあくまで表向きの理由です。切開術の本当の目的は……」

そして宝庵は目の前で苦しむ妊婦を見つめた。

「まさか……。腹の子を取り出すために……？」

董胡の問いに宝庵は静かに肯いた。

「そうです。十五ヵ月児を取り出すために編み出された医術なのです」

「十五ヵ月児を取り出すため……」

だがそんな過期産は滅多にないはずだ。

董胡だって今まで医術に携わってきて聞いたことがない。

その稀有《けう》な出産のために編み出された？

（いや……其那國では稀有なことではないのか？）

ふいにさっきまで宝庵が話していた言葉がよみがえる。

存続の危うい一族。

子が生まれにくい種族。

近年になって急に一族の人数が増え、王家の子まで産んだ。

それらの言葉が意味するのは……。

「まさか……このお腹の子は……」

宝庵は青ざめた顔で観念するように肯いた。

「おそらくマゴイの子でしょう。其那國からこの隠れ庵《あん》に逃げてきた女性で十五ヵ月児を身ごもっていたのは、ニーナで四人目です。最初の一人は一年も前のことでした。私はずいぶん腹が大きいとは思ったものの、近所の取り上げ婆《ばば》を呼んできて出産に立ち会いました。妊娠十五ヵ月目だという妊婦の話を、私はまさかと取り合いませんでした。何か後ろめたいことがあって、妊娠時期を偽っているのだと思ったのです」

宝庵の膝《ひざ》に置いた手が震えている。

訳ありの女性達がやってくる隠れ庵なら、そう考えてもおかしくない。

「けれど……彼女の話は事実でした。その……あまりに凄惨《せいさん》な出産を見て、初めて私は理解したのです。医師である私も、何十人も出産に立ち会ったという取り上げ婆も、その光景に腰を抜かすばかりで……何も……できなかった……」

恐怖なのか怒りなのか分からない感情で、宝庵の握りしめた拳《こぶし》が揺れている。

「二人目の妊婦の時は十五ヵ月を待たずに生ませようと、あらゆる手段を使って出産を早めようとしました。けれど、どうやっても生まれる兆しがなく、しかもそんな私をあざ笑うように逆子になってしまいました。そのまま産ませるのも危険だと迷っているうちに、ついに十五ヵ月を迎えてしまいました。そうして……また同じように母子共に死なせてしまった」

「そんな……」

まるで胎児が十五ヵ月まで絶対に生まれたくないと主張するかのように？

従来なら産み月近くになれば、胎児は下に頭を向けて生まれる準備をする。そして母体が少し動き回ったりして刺激を与えてやれば自然に胎児が骨盤に下りてくるものだ。

(胎児が正期産で生まれることを拒絶したというのか?)

「三人目の時は本人の希望もあり、堕胎させることを考えました。すでに六カ月を過ぎていましたが、母体の危険を考え堕胎薬を飲ませたのです。しかし……」

宝庵は恐怖を思い出したように声を震わせた。

「しかし……翌日……妊婦は亡くなりました」

「堕胎薬で妊婦が?」

堕胎薬はお腹の子だけを流すような生薬だ。子が流れることによって多少は体調を崩すことにはなるが、それで妊婦まで死ぬなんてあまり聞かない。

「そばにいた者の話によりますと、薬を飲んでしばらくすると急に苦しみだし、腹の皮が飛び出すほどに胎児が暴れていたと……。そしてついに胎児が妊婦の体を突き破るように出てきたのだと……。私が駆けつけた時には、妊婦は大量に出血して息絶えていました。そしてそのそばに銀の髪をした胎児も血まみれで死んでいました」

「まさかそんなことが……」

朱璃が信じられないという顔で呟いた。

「そばで見ていた者は、まるで自分を殺そうとした母に復讐《ふくしゅう》するかのように見えたと…

……。母を死の道連れにする気だったに違いないと言っていました」

「そんな馬鹿な……」

胎児が意図して母を殺したというのか。それではまるで……。

「魔物……」

ふいに背後で呟く声が聞こえた。

振り返って見ると、ルカとナティア姉妹が青ざめた様子で部屋の入り口に立っていた。

「魔物なのです。マゴイの一族は……」

ナティアが震える声で告げた。

「魔物……」

みんなが口に出すのも恐ろしい魔物の正体。

それがこの妊婦の腹の中にいるというのか。

「マゴイの一族は人間じゃない。地界から来た魔物なのです」

「人間に魔物の子を産ませようとするから、こんなことに……」

ナティアとルカが怯《おび》えた様子で告げる。

「でも……銀の髪なだけで人間の姿をしているのでしょう？　それとも何か醜く怪異な姿をしているのですか？」

伍尭國でも妖怪《ようかい》と言われるものや、鬼と言われるものを見たという話は聞く。

巨大な魔物の姿が絵巻にも描かれている。

しかし、どれも言い伝えの類《たぐい》で、実在しているのかは不確かなものばかりだ。

そんな恐ろしい魔物が、其那國では普通に暮らしているというのか。

ナティアとルカは菫胡の問いに首を振る。

「いいえ。マゴイの一族はむしろとても秀麗です。人間離れした美しさを持っています」

「天人を思わせる容姿をしているのです」

天人とは、菫胡が黎司を初めて見た時に感じた美しさの形容だ。

神も魔も、極まるほどに美しさを増すということだろうか。

「彼らはとても美しく……そして信じられないほど残酷なのです」

「その冷酷な心が人間ではないのです」

そういう人なら伍尭國にもいる。例えば尊武のような……。

けれどさすがに魔物だと思ったことはない。

「確かに人間の中にも魔物のように悪しき人はいますが……でも……」

信じられない様子の朱璃に、宝庵がナティアとルカに代わって告げる。

「いいえ。悪しき人という程度の話ではありません。マゴイの一族は生まれた時から魔なのです。存在そのものが悪なのです。あなた方もその目で見れば納得するでしょう」

「見るって何を……」

言いかけた菫胡の声を、ニーナの悲鳴がかき消した。

「ぎゃあああ！　たすけてっ！　あああっ！」

これまでと違う絶叫だった。

「頭が見えている。銀の髪だ……」

犀爬が、いよいよ生まれそうな赤子を受け止めようと身構える。

その犀爬に向かって、妊婦の体がずんっと動いた。

「え？」

驚く犀爬の手元に更に、ずんっ！　ずんっ！　とニーナの体が圧をかける。

「な！　何が起こっているのですか？」

突然、董胡の特別な目には、ニーナの腹が五色の光を強く放つのが見えた。

（まさか胎児が放つ色？）

そんなものが見えたのは初めてだった。

「胎児が……腹から出ようとして骨盤を押している。ああ……恐ろしい。またあの悪夢が……」

宝庵は言いながらガタガタと震えていた。

「こんなこと有り得ない。私は妓楼《ぎろう》で出産に立ち会ったこともありますが、胎児が母体の体を動かすほどの胎動を起こすなんて……」

朱璃が呆然《ぼうぜん》と呟《つぶや》いた。

「だめだ。やはり胎児の頭が大き過ぎて骨盤から出られないんだ」

犀爬は突き動かされてくる母体を押さえるように手で支えていたが……。

「う、うわあああ！」

その犀爬の体が、雄叫《おたけ》びと共に一瞬で真っ赤に染まった。

「いやあああっ！」

妊婦は断末魔のような叫びを残して気を失う。

胎動の激しさのせいか、血が湯水のように吹き出していた。

その光景の恐ろしさに、その場の全員が凍りつく。

辺りは一面血の海だった。

「胎盤早期剝離《はくり》だ……」

出産してから剝《は》がれるはずの胎盤が先に剝がれてしまったのだ。

大量の血を見て董胡はその場に崩れ落ちた。

「董胡！」

朱璃は気丈に董胡の体を支える。

大量の出血は董胡の一番苦手なものだ。

医師として克服しなければならないのに、昔からどうしてもだめだった。

血の気が引いて董胡の方が気を失いそうになる。

「大丈夫ですか？　董胡」

朱璃が心配そうに董胡の顔を覗《のぞ》き込む。

「私よりも……ニーナが……」

気を失ったニーナの顔がどんどん色を失っている。

「く、薬を……。何か薬を……。止血の……芎帰膠艾湯《きゅうききょうがいとう》か。いや、黄連解毒湯《おうれんげどくとう》の方がいいのか……。す、すぐに作るから」

董胡は背負っていた薬籠《やくろう》から震える手で薬草を取り出す。

「董胡」

「血を止めないと……。急いで煎《せん》じるから……」

「董胡。落ち着いて」

薬草を揃えようとする董胡の手を朱璃が摑《つか》んだ。

「もうだめですよ。彼女は助からない。この出血量です。私はこういう状態になった妊婦を妓楼で見たことがあります。どんな名医でも助けることはできません」

胎盤早期剝離、児頭骨盤不均衡、異常な過期産。

どれも母体が助かる見込みはほとんどない症状だ。

そして出産時の異常に対し、伍尭國の医師にできることはほとんどない。

薬も鍼《はり》もほとんど役に立たないことは分かっていた。

だから医師は出産時に立ち会わないのだ。居たところで何もできないから。

「でも……。なにか助ける方法を……」

くらくらする体を無理に起こして、ニーナのそばに這《は》っていく。しかし。

「だめです。もう息がない」

宝庵が諦《あきら》めたように告げた。

「さっきまで死ぬような状態じゃなかったのに……」

「出産時の死はこういうものです。どうしようもありません」

朱璃は出産で死ぬ妓女をたくさん見てきたのだろう。

医師の董胡よりも落ち着いていた。

(目の前で死んでいく人をどうにもできなかった……)

しかも大量の血に動転して、医師でもない朱璃に気遣われている。

(情けない……)

医師としての敗北感のようなものが心の中に広がっていく。

それは宝庵も犀爬も同じなのだろう。

救えなかった命を悔やんで、しんと静まり返っていた。

だがすぐに「ずんっ！」という重い響きにみんなが顔を上げる。

ずんっ！　ずんっ！　と部屋の中が振動していた。

「ひいいっ！」

宝庵が叫び声をあげ、ガタガタと震えている。

「嘘でしょ……」

犀爬が呆然と呟いた。

死んだはずのニーナの体が、ずん！　ずん！　と犀爬の方に動いていく。

「胎児はまだ……生きている……」

胎盤が剝がれ、母体の息の根が止まっているのに、胎児はまだ生まれようとしていた。

「う、うわああ！」

さすがの犀爬も声を上げて後ずさりする。

「ああ……神よ……」

宝庵は両手を合わせて天に向かって祈っている。

（魔物……）

菫胡の頭の中で、その言葉が木霊《こだま》していた。

まだ生まれてもいない胎児に、言いようのない恐怖を感じた。

（これがマゴイの血。魔物の血脈……）

ナティア達が言った通り、本当に魔物の血が流れているのかもしれないと思った。

その場の全員が呆然と見守る中、ニーナを突き動かす『魔物』は、少しずつ勢いを弱め、やがて力尽きたように動かなくなった。

誰も言葉を発することもできない。

全員が恐怖に打ちのめされて座り込んだままだった。

# 十、皇宮の緊急殿上会議

王宮の皇宮では、緊急の殿上会議が行われていた。

「皆様、急な呼び出しにお集まり下さりありがとうございます」

進行役である太政大臣の孔曹《こうそう》が、重臣達を見渡して告げる。

「まったく、何事でございますかな。このようにたびたび呼び出されては困ります」

玄武公が迷惑そうに言う。

「今日は大規模な青軍《せいぐん》の演習を予定していましたのに」

青龍公も予定が狂って不機嫌な様子だった。

「まさか……子宝祈願に行かれたお后様達《きさき》になにかあったのでございますか？」

朱雀公は、自分が帝《みかど》に懇願しただけに何かあったのではないかと心配していた。

「お后様達は無事に百滝の大社に到着しておられると聞いていますよ」

白虎公はそんな訳がないと、憮然《ぶぜん》と言い返す。

「我が青龍の后は参加しておりませんので巻き込まれるのはごめんですよ」

青龍公は、病弱のためとはいえ青龍の后が誘われなかったことが気にくわないようだ。

「それなら我が白虎の后も王宮に残っていますので関係ありませんな」

白虎の后は謹慎中の身のため、そもそも外出できる立場ではない。

「私はすべて決まってから知らされたのです。勝手放題の我が后のことなど知ったことではありませんな」

玄武公は勝手に后詣《もう》でを決めていた鼓濤に腹を立てていた。

「そもそも、なぜ陛下はこのような后達の勝手をお許しになられたのですか！」

玄武公の怒りの矛先は黎司に向けられていた。

「だいたい女性だけの麒麟寮を作るなどと、妙なことまで言い出されて。陛下は少し公務が続いて疲れておられるのではございませんか？」

そのことも玄武公のいら立ちを増長させていた。

「女性だけの麒麟寮については先日の会議で多数の賛成を得ている。次の議会で詳細を決め、詔を出す予定である。反対しているのはそなただけだ、玄武公」

黎司は高御座《たかみくら》から静かに言い放った。

「く……」

玄武公はいつの間にか賛成に転じていた白虎公を苦々しい顔で睨《にら》みつけた。

白虎公は気まずそうに目をそらす。

これまで共闘していたはずの白虎公は、雪白のこともあり今は立場が弱い。

なにより、以前皇帝を暗殺しようとして妙な妖《あやかし》に付け込まれ、天罰のように鼻の骨を折る大怪我をしてから、黎司の麒麟の力に怯《おび》えていた。

そんな重臣達の心の動きが、黎司には手に取るように見えていた。

この高御座から見ていると、人心の微細な動きまでわかるような気がする。

即位してから殿上会議を開くたび、それを顕著に実感するようになっていた。

この高御座という場所がそういう力を与えるのか、即位して麒麟の力が増したのか、それとも黎司自身が場数を踏んで学習したのか。

ともかく、おかげで扱いにくい重臣達を掌握しやすくなった。

「女性の麒麟寮のことはともかく、今日集まってもらったのは、その后詣でに随行していた者より火急の知らせが届いたゆえである」

黎司が告げると、青龍公が肩をすくめた。

「やはりお后様達に何かあったのでございますか？　まったく迷惑な。我らは玄武と朱雀の后のために青軍を出すつもりはありませんからね」

だが黎司は静かに告げる。

「青軍ではなく、白軍《はくぐん》と黄軍の一部に出てもらうつもりだ」

「な！」

重臣達が驚きの声を上げた。

「本当に軍を出すのでございますか？」

「いったい后達は何をしでかしたのですか！」

「これだから私は反対だったのですよ」

最後に玄武公が他人事《ひとごと》のように言って大きなため息をついた。

そして今回の后詣でを勧めた張本人である朱雀公が青ざめた顔で尋ねた。

「我が娘……いえ、お后様達は何の問題を起こしたのでしょうか？」

黎司は朱雀公を安心させるように答えた。

「后達は問題など起こしておらぬ。いや、后詣でに行ってくれたから気付けたのだ。むしろ感謝している」

「ど、どういうことでございますか？」

訳が分からないと青龍公が尋ねた。

「知っていると思うが、此度《こたび》は后の安全を守るため行く先々に麒麟の密偵を放っていた。その者達からただならぬ報告が届いたのだ」

黎司が告げると、重臣達はお互いに顔を見合わせた。

「そのただならぬ報告とは何でございましょうか？」

前列の重臣達の後ろから、低く特徴のある声が問いかけた。

はっと全員がそちらを見る。

玄武公の後ろに座る尊武だった。

涼やかな男は、この高御座から見ても何を考えているのか分からない。

どういう訳か彼の心の内だけが、黎司にはさっぱり読めなかった。

黎司は尊武に警戒しながらも、重苦しく告げる。

「白虎に海峡を挟んで接する隣国である其那國で、政変が起こったようだ」

思ってもいなかった大問題に重臣達はざわめいた。

「な！　其那國で政変？　西域の他国に侵略されたのでございますか？」

其那國のさらに西域に広がる国については、ほとんど国交もなく未知の世界だ。

そんなことになれば、伍尭國にまで迫ってくる可能性もある。

だが黎司は首を振った。

「いや。国内の内乱のようだ。ある一族が王家を乗っ取ったようだ」

「内乱……」

重臣達はいくぶんほっとした。

内乱であっても伍尭國にも多少の影響はあるが、未知の国の侵略よりはましだ。

「それが軍を出すほどの問題を起こしているのでしょうか？」

隣国とはいえ、広い海峡の向こうのことだ。

火急のことではないように思えた。

「密偵の話によると、不法移民の数が尋常ではないようだ。其那國から逃れてきて怪しげな商売を始める者がいたり、妓楼《ぎろう》に売られる少女がいたり。多くは雑仕《ぞうし》のような下働きをしていて表に出ることがないため、貴族の目には留まらぬようだという報告だった」

それにしても白虎にも麒麟の社は点在しそこに密偵もいるはずなのに、今になるまでそのような報告はなかった。王宮の密偵が現地に行って初めて分かったのだ。

「白虎公の許《もと》にはそのような報告はなかったのか？」

白虎の密偵も問題だが、白虎を治める白虎公が知らないことの方が問題だ。

「そ、それは……」

白虎公は青ざめた顔で汗を拭《ふ》いている。

「后達の泊まる百滝の大社への連絡は、そなたが取り次いだのであろう？　大社の祭主から何も聞いていなかったのか？」

もしもそんな話を聞いていたら、黎司もさすがに鼓濤と朱璃を行かせなかった。

「文でのやりとりだけですが、お后様達を歓迎するとしか……」

祭主のような高位の神官は、貴族以上の権限を持ち、特殊な存在だ。

その権勢は社の規模によっても違う。

百滝の大社は、神官の最上位といってもいい権限を持っていたはずだ。

(白虎公は何も知らぬようだな。では祭主が情報を止めていたのか……)

黎司は白虎公の様子から状況を探り出していた。

大社の祭主ならば、近隣の麒麟の社の神官も従わせることができるだろう。

「やれやれ、白虎はこのところ不始末続きですな」

青龍公が呆《あき》れたように言う。

先日、雪白の問題があったことは公にはされていないが、重臣達はさすがに噂に聞いている。今回の后詣《きさき》での成功が挽回《ばんかい》する好機であったはずなのに。

「そ、早急に調べさせ、白軍の派遣を致します」

白虎公は冷や汗を拭きながらひれ伏して答えた。

「うむ。万が一のことを考え、我が黄軍も昴宿の地に派遣して、后達の帰途の護衛を強化するつもりだ」

今のところ不法移民が増えているだけで、危機が迫っているわけではないが、念のため空丞の一軍を送ることにした。

「それにしても、このような時期に后詣でに行くなど……。玄武と朱雀のお后様も間の悪いことですな。我が青龍の后は行かなくて良かった」

青龍公が上機嫌に言う。

なんならこのまま二人の后が騒動に巻き込まれればいいと思っているようだ。

そうすれば問題を起こした白虎の后も排除され、残るのは青龍の翠蓮だけだと。

短命の皇帝だと思い込んで養女を嫁がせてしまったが、思いのほか長い治世になりそうだと、計算違いを悔やんでいるらしい。

だが、養女であってもともかく皇子を産んでくれるならよしとするつもりのようだ。

この半年で重臣達の心境も少しずつ変化してきていた。

それぞれの思惑が錯綜《さくそう》するなか、再び尊武が声を上げた。

「陛下。よろしければ、私も黒軍《こくぐん》の一部を連れてお后様を迎えに行かせて下さいませ」

重臣達が驚いて尊武を見る。玄武公すらぎょっとして振り向いていた。

「そなたが玄武の黒軍と？　なぜ？」

黎司は怪しむように尋ねた。

玄武公の様子からして尊武の独断であることは間違いない。

玄武公にとって目障りなはずの鼓濤のために、黒軍を出すとは思えない。

「我が玄武のお后様の身を案じて黒軍を出すのは当然でございます。そもそも朱雀が赤軍を連れて后詣《もう》でに行かれたのに、我が玄武が黒軍を出さないことの方が不自然なことでございましょう」

そう言われてみれば確かにそうとも考えられる。だがしかし。

「まだ昴宿で騒動が起こっているわけではない。后を迎えに行くだけのことだ。黄軍だけで充分だろう」

黎司はできれば尊武に行かせたくなかった。

尊武を董胡に近付けたくないというのが正直な気持ちだった。しかし。

「私は前回の外遊の折、其那國にもしばらく滞在しておりました。少しですが其那國の言葉も話せます。また、おそらく内乱を起こしたであろう一族のことも多少は知っております。マゴイの一族と言われる銀の髪をした者達でございます」

「マゴイの一族……」

火急の知らせには、まだそこまで詳しい情報はなかったのだが、マゴイの一族については黎司も多少の知識がある。

伍尭國の麒麟と同じ神官の血筋で、細々とだが古くから交流があると聞いていた。だが先帝の時代は目立った交流はなかったようだった。

重臣達がざわついた。

「マゴイとは……絶滅寸前の一族ではなかったのか?」

「もう次世代は生まれないだろうと聞いたことがあるが……」

重臣達の情報は数十年前で止まっていた。

「私もそのように思っていましたが、実際には王宮の中に大勢の銀髪の若者を見かけました。さらに五年ほど前にマゴイの血を引く王家の男子が生まれているはずです」

尊武の言葉に重臣達は驚いた。

「な! まさか……」

「いつの間にそんなことに……」

病弱な先帝が交流を持とうとしなかったため、古い情報が書き換えられることがなかったようだ。

「では……そのマゴイの子が其那國の後継者になるということか……」

「おそらくそうなるでしょう。すでに其那國の王と王子は、マゴイの言いなりになっているという話も聞きました」

黎司の問いに尊武は答え、そして詫《わ》びた。

「もっと早く陛下にお話しするべきでございました。けれどまだ即位されたばかりでお忙しそうで、さらに青龍への特使団の派遣などが続き、すぐに伍兗國に影響があることでもないだろうと先延ばしになってしまいました。申し訳ございません」

真摯《しんし》に謝ってはいるが、何か考えがあって黙っていたのではないかと勘繰ってしまう。

だが誠実に謝罪する表情からは何も読めなかった。

それに黙っていて尊武の利になることがあるとも思えない。

（考え過ぎか……）

「いや。よく教えてくれた。詳しい情報がない中で、そなたの博識には助けられる」

黎司は尊武に感謝の言葉を返した。だが……。

「そなたの知識を黄軍の空丞に伝えてくれればよい。何も忙しいそなたが昴宿まで行く必要はない」

やはり尊武を董胡のいる昴宿に行かせるのは心配だった。

しかし。

「いいえ。大切な我が妹が心配でございます。なにより言葉を解する者がいることは大きな助けになることでございましょう。是非とも私も随行させて下さいませ」

尊武も中々引き下がらない。

「おお、尊武殿は妹想いの素晴らしいお方ですな」

「こうまでおっしゃるなら、行ってもらってはどうでしょうか？」

重臣達が尊武の後押しをする。

「尊武殿は青龍への特使団でも大活躍をされました。今回も素晴らしい活躍をされるに違いありません。是非ともお願い致しますぞ」

白虎公は何か問題が起こっても責任の所在を玄武にも分散できると喜んだ。

「其那國の言葉まで話せるとはさすが尊武殿だ。いやいや、玄武公は優秀なご子息に恵まれて羨《うらや》ましいものですな」

青龍公は褒めちぎっておいて、身内との縁談を進めたい思惑が見え隠れする。

そして玄武公は「いえ、それほどでも……」と言葉を濁した。

また余計なことをしてくれると言いたげな表情だ。

やはりこの親子は一枚岩ではないようだ。

だが尊武はそんな玄武公を気にすることもなく告げる。

「皆様もこうおっしゃって下さっています。どうか私の随行をお命じ下さいませ、陛下」

重臣達にそうまで言われて、黎司が命じないわけにはいかなかった。

「……分かった。そなたも黒軍を率いて随行することを……命じる。どうか我が后達を無事に王宮に連れ帰ってくれ」

できれば頼みたくなかったが、その一方で確かに心強くもある。

尊武ならば、命じたことはどんな手段を講じても遂げて帰ってくるだろう。

そう思わせる男だった。

不本意ながら、白虎に赴くことになったのだった。

◆

殿上会議の後、黎司は祈禱らに上に通じる裏階段を上っていた。

皇宮の四階部分にあたるそこは、皇帝だけが読むことのできる禁書が並ぶ書庫になっていた。四方に縦長の障あり昼間なら書物を読む程度には明るい。

さらに最上階の五階には巨玉が祀《まつ》られていて、伍尭國の結界の要《かなめ》となっている。

祈禱殿より上の部屋には皇帝の人間が入ることは禁じられ、日常の掃除や祈禱殿の松明《たいまつ》の管理などは翠明の式神っていた。

一説によると祈禱殿より上けと重なり合い、皇帝以外の者が足を踏み入れると魂を持っていかれてしまうという。

それは黄玉や禁書を奪われなために意図的に流された噂かもしれないし、事実なのかもしれない。本当のところはわからない。

しかし過去に勝手に足を踏みされて死体になって見つかった例は、実際に何件か報告されていた。

それもまた意図的に作られた報告なのかもしれないが……。

黎司は書物が並ぶ棚を見まわしてため息をついた。

「生涯をかけても読みきれる量ではないのだがな……」

持ち出すことも禁じられているため、皇帝が自ら一冊一冊読んで学ぶしかない。

皇帝に読解力がなければ無用の長物でしかないのだ。

「どこかに其那國について書かれた書物があったはずだ」

読書好きの黎司は、即位してから時間があればここにきて読み漁《あさ》っていた。

今までは主に麒麟の力を引き出す書物ばかりを探して読んでいたが、其那國のマゴイの一族について触れている書を見かけたことがあった。

その時は遠い異国の話などと読んでいる暇はないとすぐに棚に戻したのだが。

「同じような神通力を持つ血…して、交流していたとか」

そんなことが書かれてい…に思う。

「どこで見たのだったか……」

紐《ひも》で綴《と》じられた書物はた…今までの皇帝の日記のようなもので、時代ごとに山積みになっている。そして…には、それ以外の巻物がぎっしり詰まっていた。

きちんと整理する者が…たので、雑多で分かりにくい。

「階段出口に近いほど最…のものだったな」

麒麟の力についての書…番奥にある初代創司帝の書いたものを読んでいた。

しかし創司帝の時代…はまだ建国していないはずだ。

「比較的最近の皇帝の」

…ち…しちの書物をぱ…くり、探し続ける。

そして日が落ちて書庫の中が薄暗くなってきた頃に、ようやく其那國について書かれた一冊を見つけることができた。

それは先々代の皇帝の日記だった。

「これか……」

そして読み進めた黎司は、その驚くべき内容に目を見開いていた。

「まさか……そんなことが……」

黎司は愕然《がくぜん》として、心配した翠明が式神を寄こすまで読みふけっていた。

# 十一、其那國の姉妹

百滝の大社では、到着して五日が過ぎても雨が降らなかった。

ほどよい曇り空のおかげで朱雀の芸団の興行は大盛況らしく、今日は港に近い町で催しをするらしい。

「私は芸団についていって、町の様子を見てきます」

朱璃はそう言って朝早くに一人で出掛けていった。

二人で白龍を捜すために来たつもりだったが、それどころではなくなってしまった。

「私は密偵の楊庵《あん》と一緒に、もう一度隠れ庵に行ってきます」

董胡は昨日ゆっくり話せなかった其那國の姉妹に詳しい話を聞いてくることにした。

あの後ニーナの亡骸《なきがら》を清め、血の海となった部屋を片付けて、みんな話す気力も残っていなかった。ルカは怯《おび》えた様子でナティアにしがみついたままで、そのまま隠れ庵に置いて帰ることにした。

そして二人で其那國のマゴイの一族についての情報を集められるだけ集めようという話になった。王宮に戻ったら黎司に少しでも有益な情報を伝えたい。

王琳と禰古は、董胡と朱璃が戻ったら大目玉を食らわすつもりで待ち構えていたが、あまりに憔悴《しょうすい》しきった后《きさき》達を見て何も言えなくなったようだ。

目の前で死んでいく命を救えなかったことは董胡の医師としての自信を挫《くじ》いたが、それ以上にマゴイの一族という魔物の脅威に打ちのめされていた。

「何があったのでございますか？」

「お二人共、そのように蒼白《そうはく》な顔をなさって……」

心配そうに尋ねる侍女頭達に、董胡と朱璃は今しがた目にしたことを、かいつまんで説明した。到底信じられないような内容だったが、深刻な表情の后達を見て、事の重大さは伝わったようだった。

それでも后達が別行動をしてまで現在の状況を調べようとすることには、やはり反対した。

「何もお二人が、そのマゴイとやらのことを調べなくてもよいではないですか」

「そうですわ。麒麟の密偵か、赤軍に任せればよいですわ」

普通の后ならば、もちろんそうするだろう。

けれど、朱璃と董胡が普通の后でないことは侍女頭達も重々承知だった。

「赤軍には旺朱を通じて知らせましたよ」

「麒麟の密偵にも知らせたよ」

ルカを置いてきたこともあり、朱璃が帰り道に旺朱のところに寄ってそのことを伝えた。そして赤軍にも其那國のことを知らせてもらったそうだ。

その間に董胡は密偵が隠れていそうな場所に向かって楊庵を呼んだ。

楊庵はすっかり仕事が板についているようで、すぐに董胡の前に現れてくれた。

楊庵から麒麟の密偵に知らせてもらい、今日同行してもらうように頼んでいた。

「あんなものを見てしまって、このまま指をくわえて大人しくしていることなんてできませんよ」

「其那國の女性達をこのままにしておけない。私達だからこそ調べられることがあるはずだよ」

恐ろしい思いをしながら目の前で死んでいったニーナを思うと、何かせずにはいられなかった。

侍女頭達も后達を止められないと思ったのか「今日で最後にしてください」と言って、心配しながらも素直に送り出してくれた。

そして、今、董胡は楊庵と共に隠れ庵に向かっていた。

「じゃあ……麒麟の密偵はすでに其那國の情報を摑《つか》んでいたの？」

董胡は、朱璃に借りた医官服を着ている楊庵に尋ねた。

「ああ。昨日董胡に聞いたことを話したら、町を見回っていた他の密偵が着いて早々王宮に知らせを送ったと言っていた」

「じゃあ、すでに帝《みかど》の耳にも入っているんだね？」

さすが麒麟の密偵だと、ほっと安堵《あんど》した。

主に董胡の護衛をしている楊庵とは別に、市井を調べる密偵も大勢いるようだ。

「でも、其那國の政変と不法移民のことだけだ。マゴイの一族の話は知らなかったようだ。だからその隠れ庵で、もっと詳しく調べてくるように頼まれた」

密偵もさすがに其那國の者に接触するのは難しく、できたとしても言葉が話せないため、隠れ庵のルカとナティアから聞き出す情報は貴重らしい。

「昨日は死んだ妊婦のことで手一杯だったから、二人にはそれ以上聞けなかったのだけど、今日は全部話してもらおうと思う」

そうして町はずれにある隠れ庵に辿《たど》り着いた。


「お待ちしていました。すでにみんな揃っております」

宝庵の案内で部屋に入ると、ルカとナティアの他に、産巫女《うぶみこ》の犀爬も座っていた。

そして董胡達が蓑笠《みのかさ》を外すと、全員が楊庵を見て眉《まゆ》をひそめる。

董胡と一緒にいるのは、昨日の朱璃だとみんな思っていたようだ。

ルカとナティアが警戒の表情になったので、慌てて楊庵を紹介する。

「こちらは私の助手の楊庵と言います。光は、今日は他の用があったため、彼に代わりに同行してもらいました」

楊庵がぺこりと頭を下げると、それぞれが不信感を残しつつも挨拶《あいさつ》を返した。

楊庵は話に聞いていたとはいえ、珍しい金茶色の髪と紺碧《こんぺき》の瞳《ひとみ》色をした其那國の姉妹を不躾《ぶしつけ》なほど凝視している。

「時間がない。私は他の社で次の出産の予定があるんだ。すぐに本題に入ってくれ」

犀爬はいらいらと急《せ》かすように告げた。

各地の麒麟の社を巡って産巫女の仕事をしているらしい。

犀爬は別に呼んでいなかったのだが、あの凄惨《せいさん》な出産に立ち会った当事者として知りたいのだろう。あるいは、その情報を尊武に知らせるつもりかもしれない。

「では……さっそく、其那國で何があったのかを教えて下さい」

董胡はナティアに向かって尋ねた。

幼いルカよりも、姉のナティアの方が其那國の情勢を分かっているだろう。

「発端は……五十年ほど前のことです。ある時マゴイの子が十数人生まれたのです。そしてその子供の中に切開術を習得したマゴイが現れたのです。それまでは、マゴイの一族は多くても三人ほどしかいなかったと聞いています」

ナティアは静かに語り出した。

「彼らは不思議な力を持っていて、王家はマゴイの力を借りて建国に至ったそうです。その時、王は彼らに神官の地位を与え、神殿を建て、豊かな暮らしと彼らの権威の保証を未来永劫《えいごう》約束しました」

建国の最初から王に仕えていたのだ。

「しかし彼らは強欲で冷酷なところがあり、王はいつの時代もマゴィの一族の機嫌を損ねないように気遣いながら国を治めてきました。時にはマゴィの神官の横暴さに民の反乱が起きるような事もよくあったようです。けれど王家がなんとか間に立って諭してきたのです。長い歴史の中で、彼らが善良であったことは一度もありません」

「一度もないって……そんなこと……」

さすがに一族全員が悪人なんてあるのだろうか？

玄武公だって、長い年月の間には医術の発展に尽くした良い人もいたと聞く。

「彼らは魔物の種を体の中に宿しているのです。どのように心を込めて大切に育てても、誠を教え尽くしても、ある時期を境にその種を花開かせてしまうのです」

「魔物の種……」

楊庵が青ざめた顔で呟《つぶや》いた。

「けれど、幸いにも彼らはいつも一匹狼でした。子が出来てもほとんど生まれることがなく、辛うじて妊婦の犠牲のもとに一人生まれるのが精いっぱいで、父と息子、それに祖父という三世代が揃って、一族最高人数だったのです。十五カ月児の産みの苦しみを知っている女性達は誰もマゴィに嫁ぎたがらず、王家の命令で人身御供《ひとみごくう》のように貴族女性が差し出されていたのです」

あの凄惨な出産を知ったならば、マゴィの子を身ごもるなんて誰でも恐ろしいだろう。

「彼らがどれほど其那國を牛耳ろうとしても、一匹狼でできることには限界がありました。一族の人数が増えない限り、できる悪行にも限度があったのです。けれど……」

ナティアは一旦《いったん》言葉を切って、大きく息を吸い込んだ。

「けれど……ある時、死産が続いたマゴイが、痺《しび》れを切らして妊婦の腹を掻《か》き切ったのです。腹《はら》を割って取り出した子が生き延びたのを見て、彼はマゴイの力を使って次々に女性を孕ませました。そして産み月が近付くと腹を切って子を取り出したのです」

「なんてやつだ……」

犀爬が吐き捨てるように呟いた。

犠牲になった女性達は、腹を切られ子を取り出されて死んでいったのだろう。

「もちろん犠牲となった女性の家族は、マゴイの神官を糾弾しました。さすがに王も彼を庇《かば》うことができず牢《ろう》に捕らえ、怒りで暴徒となった人々によって殺されました。けれど、その時生まれたマゴイの子は十数人もいたのです」

「十数人……」

一世代に一人しかいなかったマゴイが一気に増えたのだ。

「その子供の中に一人、聡《さと》い男がいました。彼は医術に目をつけ習得すると、切開術を編み出したのです。妊婦の腹を切って見殺しにするのではなく、傷口を縫って命を救うことに成功したのです。三十年ほど前のことです」

それが三十年ほど前のことならば……。

「マゴイは、今では百人を超える一族になりました」

「百人……」

一匹狼でも手を焼くほどの者が百人もいたら……国は大混乱するだろう。

ナティアは続ける。

「特筆すべきは……マゴイに女児が生まれるようになったことです」

「女児は生まれにくいのではないのですか？」

宝庵から昨日そう聞いたばかりだ。

「ええ。なぜなら、マゴイの女性は男性よりも大柄なのです。十五ヵ月児を産むための自然の摂理なのか大きな骨格を持っています。つまり、赤子の頭も大きいということです。とても普通の女性の胎盤を通り抜けられる頭ではなかったのです。そして生まれつき男児よりも病弱で、狭い骨盤を突き破るような力もなかったようです」

それが切開術の発達で産めるようになったということか。

「ようやく生まれるようになっても病弱で短命なことも多いのですが、ついに子を産める歳まで育つようになったのです」

「そのマゴイの女性が……王家の男児を産んだのですね」

男子直系で続いてきた其那國王家ゆえに、女児の生まれないマゴイの一族にはどうやっても血族の王子を得ることができなかった。

それがついに叶《かな》ったのだ。

「五年前のことです。マゴイの娘は、切開術の必要もなく王子を産みました」

骨格の大きいマゴイの娘ならば、十五ヵ月児も普通に産めるのだ。

「その頃には王も王子もマゴイの言いなりで、側近が一人、また一人と銀の髪の男達にすげ替えられていくようになったのです」

そこまで聞いて、董胡はずっと気になっていたことを尋ねた。

「なぜ其那國の王は、マゴイの一族から離れられなかったのでしょう？　その……マゴイの不思議な力とは、いったいどんなものなのでしょうか？」

「それは……」

ナティアは急にガタガタと震え出した。そして代わりに宝庵が答えた。

「魔物の力なのです。その力ゆえに……彼らの機嫌を取って共存するしかなかった」

「なにかすごい念力で人を投げ飛ばすとか？　水の上を歩けるとか？　いや、そうか、空を飛べるとかか？」

楊庵が興味津々に尋ねた。

「いいえ。そんな単純な力ではありません」

なんだろう？　董胡は考えを巡らせた。

麒麟の最高峰の力を持つと言われている伍尭國の皇帝は、長年先読みの力を持つのだと民に信じられてきた。

麒麟の中には、犀爬のように産巫女《うぶみこ》に特化した力を持っていたり、呪具の解除に秀でた者がいたり、妖《あやかし》が視《み》えて退治できる者がいるとも聞く。

翠明などは式神を作り出すことができる。

けれどもそんな分かりやすく特化した力よりも、皇帝の先読みの力が最上位なのだ。

人が最も畏怖《いふ》を感じる力とは何だろう。

宝庵は大きく息を吐いてから答えた。

「マゴイは……人心を操るのです」

「人心を⁉」

董胡と犀爬は同時に叫んでいた。

「操るってどうやって……」

そんなことができてしまったら、王家どころではない。

国も何もかも思い通りにできてしまう。

「幸いなことに、大衆を操ることはできません。一人が複数の者を操ることはできないのです。操れるのは一人だけなのです」

そうか。今までは一世代に一人しかいなかったから、操れても一人だけだったのだ。

けれど今は……。

マゴイが百人いれば、百人の人間を思い通りに動かせてしまうということだ。

「それに誰でも操れる訳ではありません。彼らは人の闇の感情に入り込むのです」

ナティアは震える声で告げる。

「恐怖、哀しみ、妬《ねた》み、絶望。ありとあらゆる闇の感情を引き出し、時に罪悪感を植え付け、時に強欲に溺《おぼ》れさせ、人の心を占領していくのです」

「な!!」

菫胡と楊庵は、啞然《あぜん》としてナティアを見つめた。

「では……まさか其那國の王と王子も……」

菫胡が尋ねると、ルカがわっと泣き出した。

「お父様もお兄様も……うう……別人のようになって……ううう……」

「お父様とお兄様って……もしかしてルカとナティアは……」

ナティアは泣きじゃくるルカを宥《なだ》めながら肯《うなず》いた。

「はい。ご推察の通り、私とルカは其那國の王女姉妹です」

「なっ!!」

その場の全員が言葉を失くしていた。

宝庵もそこまでは知らなかったのか、驚いている。

どこか気品があって聡明《そうめい》な姉妹だと思っていたが、王家の姫君達だったのだ。

それで伍尭國の言葉も教養の一つとして学んでいたのだろう。

「父が……マゴイの人々を毛嫌いしていた父王が、王妃である母の死をきっかけにおかしくなってしまったのです。マゴイの者を側に置くようになり、彼らの言葉にばかり耳を傾けるようになったのです」

ナティアは悔しそうに膝《ひざ》の上に置いた拳《こぶし》を握りしめていた。

「マゴイは健全な心を操ることはできません。だから其那國の王家の者は、どんな時も心を平安に保つことを、くどいほど叩《たた》き込まれて育ちます。それなのに父は……母の死によってできた心の闇に入られてしまったのです」

妃《きさき》を愛していたからこそ、できてしまった心の隙だったのだろう。

「心優しい兄は、そんな父に心を痛めながらも気丈にマゴイを遠ざけるように進言していました。けれど……そんな兄もまた、追いやられた貴族達と父の板挟みに苦しみ、その心の闇をマゴイの娘に狙われてしまいました」

「では……マゴイの血脈を持つ王家の子というのは……」

「マゴイの娘と兄の間にできた子です」

「…………」

これは思った以上に大変なことになっていると、その場の全員が青ざめた。

そしてさらにナティアはとんでもないことを話し始めた。

「私が素性を知られる危険を冒してまでここで身分を明かしたのは、董胡さんに伝えなければいけないことがあるからです」

「私に？」

董胡は驚いて聞き返した。

「伍尭國のお后《きさき》様の専属医官だというあなたに、どうしても伝えなければならないことがあるのです」

「ど、どういうことですか？」

董胡は嫌な予感を覚えながら尋ねた。

「マゴイの一族は、其那國の王家を乗っ取りました。けれど、彼らが一番欲しいのは其那國の王家の血筋ではないのです」

そしてナティアは信じられないことを口にした。

「彼らが一番欲しいのは、伍尭國の麒麟の血です」

「ま、まさか……。どうして……」

董胡は啞然としながら尋ねた。

「人心を操れるマゴイが最も恐れているのは、麒麟の皇帝の力です。その麒麟の血とマゴイの血を掛け合わせれば、世界の覇者となる子が生まれるのだと信じています」

「血を掛け合わせるって……まさか……」

「実際に、五十年前に生まれた十数人のマゴイの中に女児が三人いました。二人は幼いうちに亡くなったようですが、生き残った娘は伍尭國の皇帝に嫁がせたと聞いています」

董胡と楊庵は顔を見合わせた。

他国の娘が皇帝の許《もと》に嫁いできたなんて聞いたこともない。

だが平民暮らしだった董胡達の耳に入る話ではないのかもしれないと宝庵を見た。

しかし宝庵も何も知らないのか、青ざめた様子で俯《うつむ》いたままだ。

「病弱だったのですぐに亡くなったのかもしれません。その後の消息は知りませんが」

長年ほとんど交流がないと思われた其那國と伍尭國だったが、まさかそんな形でひそかに交流が行われていたなんて。

(レイシ様は知っているのだろうか?)

先々代の皇帝の時代になるだろうから、黎司も詳しくは知らないかもしれない。

「結局、病弱なマゴイの娘には、伍尭國までの長旅と王宮での生活が難しいと分かったのでしょう。彼らはマゴイの娘を伍尭國の皇帝に送り込むことを諦《あきら》め、今度は高貴な麒麟の姫君を狙っているのです。けれど伍尭國の姫君は堅固な宮の奥で育てられ、名前や年齢すら分からないため、手をこまねいていたのが現状です」

董胡は、そこではっと気付いた。

「では今回の后達の子宝祈願は……」

「はい。マゴイにとって、絶好の機会でしょう。彼らは、より高貴な麒麟の血を求めています。麒麟の血を引く姫君を探しているのです。今回のお后様ご一行を狙って、昴宿にもすでに入り込んでいるかもしれません」

「お后様ご一行を……」

まさか、すでにマゴイの魔の手が近くまできているのか……。

しんと静まり返った部屋で、ようやく泣き止んだルカがふと尋ねた。

「お后様ご一行の中には、麒麟の血を持つ姫君はおられるのですか?」

董胡は、はっと顔を上げる。

みんなが董胡を見つめていた。

「それは……」

四公の娘であるならば、長年の皇家との縁組により麒麟の血が少しは混じっているだろう。けれどここで言う麒麟の血とは、もっと色濃いものを指す。

血が薄まるほどに麒麟の力も薄れていく。

マゴイが狙うような麒麟の血を持つ貴族の姫君は、さほど多くはないだろう。

それゆえ皇女などは、四公ですら喉《のど》から手が出るほどに欲しがると聞く。

玄武公は董胡の母である濤麗と、華蘭の母と二人の皇女を娶《めと》っていたが、そんなことは滅多にあることではない。

朱雀の后である朱璃は、長い系譜の中で少しは麒麟の血が混じっているかもしれないが、母親が平民の紅拍子だということだから、ほとんど無いだろう。

侍女達も麒麟の血を持つものはいないと思われる。

血が薄まりほとんど力を失くした麒麟の多くは、地方の社の神官として働いているが、何かしらの力を持つ麒麟は、たいてい皇宮で皇帝の側近として召し抱えられる。

麒麟の力の濃い者ほど、皇帝の側に集められるようになっている。

麒麟の力を持つ貴族の姫君がいるとしたら、ほとんどは皇宮の中だ。

(私以外は……)

　董胡はひやりと背筋に悪寒が走ったように感じた。

　皇女である濤麗の娘であり、麒麟の力らしきものがある貴族の姫君といえば……。

（后一行の中にいるのは、私だけだ）

　けれど幸いなことに、誰も鼓濤の素性を知らない。

　マゴイの一族が麒麟の姫を見つけるのに苦労するほど、伍尭國の姫君の素性というのは庶民に知られていない。

　今回の后詣《もう》ででも、后としての董胡と朱璃の姿を見たのは、百滝の大社の祭主と大宮司達だけだ。その彼らにも顔は見られていない。

（うん。誰も知らない。大丈夫だ）

　董胡は自分を納得させるように心の中で呟《つぶや》いて、告げた。

「幸い……今回の后一行の中には、麒麟の血筋の姫君はいません」

　ナティアは、董胡の返答を聞いてほっと息を吐いた。

「そうですか。ならば良かった。けれど、マゴイが潜んでいる可能性はありますから、充分に警戒して下さい。なるべく早めに王宮に帰られた方がいいでしょう」

「わ、分かりました。そのようにお后様にお伝え致します」

　まだ全然白龍のことを調べていないのだが、こうなっては仕方がない。

　マゴイの一族に遭遇して騒動に巻き込まれたら、また黎司を心配させてしまう。

　其那國の情勢を知らせるためにも、早めに王宮に帰るしかないだろう。

あれこれ考える董胡の目に、深刻な表情の犀爬の姿が映った。

(そういえば……)

重大なことを思い出した董胡だったが、それより先に犀爬が口を開いた。

「あんた……子がいるだろう」

「えっ⁉」

董胡と楊庵は驚いて犀爬の視線の先に目を向けた。

「………」

ナティアが蒼白《そうはく》な顔で犀爬を見つめ返している。

「何カ月だ?」

犀爬は答えを待たずにさらに問いかけた。

今まで気丈に話していたナティアだったが、再びガタガタと震え出した。

「わ、私は……」

まさか……と思った。

ナティアは背が高く、丸薬作りの仕事着だろう白い前掛けをしていて、お腹のふくらみが特に目立つようにも見えなかったが……。

「お姉様……。まさか……嘘よね? 違うわよね?」

ルカが泣きそうになりながら、ナティアに尋ねる。

ルカは確か、半年前に行方知れずになった姉を捜していると言っていた。

もしも其那國にいる間に妊娠したのなら、かなり産み月が近いということだ。

けれど、生まれそうなお腹のふくらみにはとても見えない。

ならば伍尭國に来てから身ごもったということか。それとも……まさか……。

「其那國にいる時に身ごもったのか？」

犀爬は容赦なく尋ねる。

「ううう……うう……」

ナティアは両手で顔を覆って泣き出した。

それが答えだった。

「母が亡くなり、父も兄もおかしくなって……。うう……私は絶望のあまり心に闇を作ってしまったのです。その闇に入り込まれ……気付けば……私は……ううう」

「嘘よ!! そんなの嫌だ！ 嘘だと言って。お姉様!!」

こんな地獄があるのだろうか。

「私は恐ろしくなって……何もかも嫌になって……逃げてきたのです。それが半年前のことです」

マゴイは切開術の発達と共に、一族を増やすことに心血を注いでいるのだ。

其那國の少女達はマゴイの餌食《えじき》になるぐらいならと、伍尭國に逃れてきた。

伍尭國で妓楼《ぎろう》に売られたとしても、マゴイの子を身ごもり、腹を切られるよりはましだと親達も逃したのだろう。

けれどその魔の手は王女にすら及んでいたのだ。

「少なくとも六ヵ月が過ぎているということか……。いや、妊娠月数を見積もるならば、七ヵ月か八ヵ月と考えた方がいいだろう」

犀爬が険しい顔で唸《うな》った。

「伍尭國に逃れ、堕胎薬を飲ませてもらおうと思っていたのです。けれど……、私より先に飲んだ女性が恐ろしい亡くなり方をして、それもできなくなってしまいました」

ナティアは震えながら告げる。

「もう打つ手がないのです。私にもどうにもできない……」

宝庵はナティアの懐妊を知っていたらしく、項垂《うなだ》れたまま呟いた。

「そんな！　何か方法があるはずです。諦めないで考えてみましょう！」

董胡は叫んだ。このまま諦める訳にはいかない。しかし。

「どうするっていうのさ。あんたが切開術とやらで彼女の腹を切るとでも言うのか？昨日ニーナの血を見て卒倒していたようなあんたが？　無理だよね？」

犀爬は呆《あき》れたように返した。

「…………」

董胡には言い返す言葉もなかった。

鍼《はり》すらも刺せない董胡にできるはずもない。再び医師としての敗北感に苛《さいな》まれる。

（尊武様ならできるだろうか……）

けれど、王宮にいる尊武が、わざわざ白虎にやってきて、そんな面倒なことをやってくれるとは思えない。

(其那國の王女だと言えば……。皇帝のレイシ様から命じられれば……)

気付けば尊武に頼ることばかりを考えている。

(仮にも医師を名乗っておきながら……)

自分で何もできないことが悔しかった。

そんな董胡を、犀爬は何か言いたげにじっと見つめていた。


「それにしてもえらいことになったな」

帰り道、楊庵は深刻な顔で呟いた。

「楊庵は麒麟の社に戻ったら、すぐに伝えて王宮に知らせてもらってね」

董胡は念を押して頼んだ。

「王宮に戻ったら、私からも直接帝《みかど》にお伝えするつもりだけれど……」

「………」

楊庵は黙ったまま、董胡をじっと見つめている。

「何?」

「いや……お后様達は明日にも王宮に戻った方が良くないか?」

楊庵はもっともなことを告げた。

「それが、雨が降るまで帰れないみたいなんだ。せっかくの祈願が台無しになるからさ」

すぐに降るといった雨は、いまだに降らない。

子宝祈願を名目に来たのだから、せめてそれだけは遂げて戻らないと、何かあったのではないかと民が騒ぎ出すだろう。

「じゃあさ、董胡だけ先に帰ったらどうだ？　俺が付き添うからさ」

「え⁉　なんで私だけ？」

董胡は驚いて尋ねた。

「だってそのマゴイの一族とやらがお后様《きさき》のところに現れたら危ないだろ？」

「だ、だから、私もお后様をお守りしないと……」

「董胡は薬膳師《やくぜんし》なんだから、お后様を守るのは他の人に任せればいいだろ？　どうせ危険が迫ったからって、助けられるわけじゃないんだし。足手まといになるだけなのに、わざわざ危険な場所に残る必要なんかないだろ？」

「そ、それはそうだけど……」

本当はその后なのだから、一人で帰る訳にはいかないのだが……。

「それともさ、もうこのままお后様の許《もと》を離れて、どこかで薬膳の店でも出すなんてどうだ？　マゴイとかそんな危険なやつらがいない場所でさ。ほら、朱雀とかいいんじゃないか？　其那國から離れているし、美人も多いしさ」

「なに馬鹿なこと言ってるんだよ。そんなことできるわけないでしょ？」

「できるさ。俺は董胡を守るためなら、なんでもできるんだ」

最近の楊庵はそんなことばかり言っている。

その自信はどこからくるのだろうと思うのだが、よく分からない。

「私は行かないよ。このまま放りだして自分だけ逃げるなんてできないよ」

そもそも鼓濤である自分がそんなことをすれば、多くの人に迷惑がかかる。

「なんでだよ？　帝だって、関係のない董胡まで巻き込もうと思ってないはずだ」

「え？」

帝のことを言われて董胡はどきりとした。

「董胡は帝の力になりたいと思っているのかもしれないけどさ、それが却《かえ》ってありがた迷惑ってこともあるだろう？」

「ど、どういう意味だよ。私が帝の迷惑になっているって言うの？」

董胡はむっとして言い返した。

「だってそうだろ？　これ以上、董胡に何ができるんだよ。あとは帝とお后様達の問題だ。部外者は一人でも少ない方が守る方も助かるだろ？」

「部外者……？」

「そうだよ。帝にとって一番大切なのはお后様達なんだ。董胡が帝のために危険に晒《さら》されたとしても、結局帝が守りたいのは董胡じゃなくお后様なんだよ」

楊庵の言葉がぐさりと胸に刺さった。

鼓濤は董胡であっても、董胡ではない。黎司にとって董胡は部外者でしかないのだ。

「わ、分かってるよ……そんなこと……」

「分かってないだろ？　いいかげん目を醒《さ》ませよ」

今日の楊庵は鋭い。まるで董胡の気持ちを見抜いているかのように容赦なかった。

「ほ、放っといてくれ。何を言われても私は残るから」

董胡はつんとして言い返すと、楊庵を置いてどんどん歩き出す。

その董胡の腕を楊庵が後ろから摑《つか》んだ。そしてそのまま背中から抱き締められる。

「楊庵……？」

董胡は驚いて、頭に上っていた血の気が一気に引いた。

「なんでだよ。なんで分かってくれないんだよ……」

楊庵は董胡を抱き締めたまま悲しげに呟《つぶや》く。

「は、放して……、楊庵」

「嫌だ。董胡が俺と一緒に行くと言うまで放さない」

「な、なに子供の我がままみたいなことを言ってるんだよ」

動揺しているのを悟られないように、董胡はいつものように言い返す。

「子供の我がままでいい。だから俺と一緒に王宮から出よう。お願いだ、董胡」

「楊庵……」

いつだって楊庵は董胡のために動いてくれた。

そんな楊庵のためなら何だってしたいと思っている。

楊庵が望むことなら、全力で叶《かな》えたいと思ってきた。でも……。

「ごめん……。それだけは……できないんだ……」

董胡は告げると、楊庵の腕を振り払って逃げるように大社に駆け戻った。

その董胡の後ろ姿を、楊庵は寂しそうにぼんやりと見つめていた。

# 十二、菫胡の正体

その日の夕方のことだった。

蓑笠《みのかさ》を被《かぶ》った一人の人物が百滝の大社に向かっていた。

表の三百階段ではなく、裏山の道を通るのは限られた者だけだ。

麓《ふもと》で天幕を張る芸団の前を通り過ぎ、山道に入ろうとした瞬間、二人の男が現れた。

「！」

蓑笠の前に長い木刀が交差されている。

「誰だ」

「ここは通行禁止だ」

黒ずくめの二人の男は、冷たく言い放った。

后一行の宿泊中は、昼夜を問わず数人の見張りが陰から見守っていた。

大社から出た者は記録され、出た者しか入ることは許されない。

朝から出掛けていてまだ戻っていない后の専属医官ではない。

見慣れぬ姿に警戒感が強まる。しかし。

「楊庵？」

名を呼ばれて、黒服の男の一人であった楊庵は驚いた。

「誰だ？」

蓑笠の人物は、垂《た》れ布《ぎぬ》を開いて顔を見せた。

「犀爬？」

つい先ほど隠れ庵で会ったばかりの産巫女《うぶみこ》と名乗る口の悪い女だった。

「どうしてここにお前《あん》が？」

「董胡に用がある。あんた、董胡の助手じゃなかったのか？」

さっきまでの朱璃に借りた医官服ではなく、黒ずくめの密偵服に怪訝《けげん》な顔をされた。

「こ、これは……。ひ、人手不足で警護も兼務しているんだ」

「ふーん……」

怪しむように言いながら、楊庵をねめつけている。

「お、お前こそ、董胡に何の用だ？」

楊庵は誤魔化すように聞き返した。

「董胡にしか話せないことだ。董胡に会わせてくれ」

「簡単に言うな。今はお后様の側にいるんだぞ。伝言があるなら俺が伝える」

楊庵はふん、と言い放った。

「董胡にしか話せないと言っただろう。私は次の仕事でこのまま別の社に向かう。いま会えなかったら重要な情報を聞き漏らすことになるぞ。いいのか？」

「それは……」

楊庵はぐっと詰まった。

何か大切な情報だったとしたら、致命的なことになるかもしれない。

「どうするんだ。会わせてくれないんだったら、私はもうこのまま行く。あとで、何で知らせてくれなかったと言われても知らないからな」

「ま、待て！」

そのまま立ち去ろうとする犀爬を、楊庵は慌てて呼び止めた。

「わ、分かった。案内するからついて来い」

楊庵は他の密偵に事情を話し、大社まで犀爬を連れていくことにした。


大社の出入り口には、さらに別の密偵が二人警護していた。

楊庵が犀爬を連れて行くと、物陰からすっと一人が現れる。

「お后様《きさき》の薬膳《やくぜん》師を呼んでくるから、ちょっとこいつを見張っててくれ」

楊庵は現れた密偵に犀爬を預けて、大社の中に足を踏み入れた。

中はしんと静まり返っている。

こちらの出入り口は、今は后一行しか通行できなくなっていて、人っ子一人いない。

本当はさっき気まずい別れ方をして、董胡に会うのは気が引けた。

でもそれだから、早めに会って弁解しておいた方がいいかもしれない。

つい焦って、強引なことをしてしまったと楊庵は悔やんでいた。

「お后様は確か二階の特別室に泊まっておられるのだったな」

楊庵は誰もいない階段を上った。

侍女がいれば呼び止めて董胡を呼んでもらおうと思ったのだが誰もいない。

「おーい、董胡〜」

小声で呼んでみても、誰かが出てくる気配もない。

そのまま二階に辿《たど》り着いてしまった。

「薬膳師はお后様の近くの控えの間に泊まっていると言ってたが……」

二階には風景画が描かれた美しい襖絵《ふすまえ》が奥までずっと続いている。

何部屋あるのか分からないが、ここがすべて后一行の部屋らしい。

少し隙間の空いた襖から明かりが漏れて、話し声が聞こえていた。

「どうしよう。俺が直接声をかけていいのかな……」

誰か出て来ないかと待ってみたが、そんな様子はない。

「あの〜」

声をかけてみるが、中で賑《にぎ》やかにおしゃべりしているらしく、誰も気付かない。

仕方なく、楊庵は明かりが漏れているところまで近付いて声をかけようとした。

しかし……。

「もう！　鼓濤様！　明日はもうお出掛けにならないで下さいませね！」

叱りつけているような侍女の声に、はっとして声を呑《の》み込んだ。

「分かったって。明日こそはずっと部屋にいるから」

（え？）

楊庵は聞き覚えのある声に耳を澄ます。

（董胡？　いや、でも鼓濤様って言っていたような……）

后の名前は知らないが、貴族の侍女が「様」を付けて呼んでいることから、平民医官の董胡のことではないはずだ。

（でも……お出掛けにならないでって……どういうことだ？）

この数日、后一行の出入り口から裏道を通ったのは、専属医官の二人だ。それと、其那國のルカを連れて出てきたことは記録されている。警護をする密偵の楊庵だから、その辺りのことはしっかり把握していた。

他の者は外出していないはずなのに、まるで今日出掛けたかのような口ぶりだった。

（今日出掛けたのは、俺と行動を共にした董胡と、朝早くに出た朱雀の医官だけだ）

朱雀の医官は、隠れ庵に行く楊庵に医官服を貸してやると言って渡してくれた。

その彼は芸団と一緒に出掛けて、まだ戻って来ていないと聞いている。

ならば、今日出掛けていって戻っているのは董胡だけのはずだった。

「さあ、髪を梳《と》かしますから御簾《みす》の中に入って下さいませ」

「ここでいいよ。王宮じゃないんだから、そんなに堅苦しくしなくても」

「誰が見ているとも限りませんわ。お后様たるもの、身繕いを人に見せるものではありません」

「大丈夫だよ。ここから見えるのは虎威大山の滝だけだよ」

「もう、鼓濤様ったら……」

姫君達の会話が漏れ聞こえてくる。

（鼓濤様……。お后様って言ってたよな。でも……この声は……）

楊庵は訳が分からないまま、さらに耳を近付ける。

「見て下さいませ。連日お出掛けになるから、毛先が傷んでおりますわ。もう少しお后様としての自覚を持ってもらわなければ……」

「でも貴重な情報が得られたのは大きいよ。知らなかった方が問題だったでしょ？」

「それはもちろんそうですが……」

どう考えても董胡の声だった。

「早く雨が降ればよろしいのに。密偵の知らせを聞いたなら、帝《みかど》も心配なさいますわ」

「うん。そうだね。本当は白龍様のことを調べたかったけれど仕方がないね。旺朱がいろいろ探ってくれているみたいだけれど、今のところ手がかりは無いって言うし、今回の后詣《もう》では其那國の情勢を知るためだったと思うことにするよ」

「ええ。もう鼓濤様が行方知れずだった玄武公の一の姫であることは間違いないのでございますから、それで良いではありませんか」

「うん。そうだね。これから其那國のことも対処しなければならないし、私はすべて正直に話して、少しでも帝のお力になりたいと思う。そう決意するための后詣でだったのだと思う」

（どういうことだ……。行方知れずだった玄武公の一の姫？）

楊庵はばくばくと鼓動が高まるのを感じていた。

（まさか……。そんなわけ……）

震える手を握りしめ、楊庵はそっと襖の隙間から覗《のぞ》いた。

「…………」

そこには美しい后装束を広げて座る姫君がいた。

長い髪を侍女に梳かされ、穏やかに微笑む麗しい后。

白粉《おしろい》を塗り、紅をさして化粧をしているが、楊庵にははっきりと分かった。

（董胡……）

慌てて目を逸《そ》らす。

（いや、違う。そんなはずはない。董胡が后だなんて……そんなこと……）

今見たものを全力で否定する。

（だって帝は俺に董胡を守れって……。もしもの時は一緒に逃げろって……）

楊庵は董胡の身を心配しつつも、心のどこかで女だとばれて欲しいと願っていた。

そうすれば、董胡も素直に王宮から出ることを了解してくれるはずだ。

そしてどこか平和な場所で、一緒に治療院か薬膳の店を出す。

そうなる日を待ち望んでいた。

(后だったら……別に逃がす必要なんてないじゃないか。いや、さすがに逃げることなんてできない。それなのに帝はどうして……)

あり得ないと自分に言い聞かせる。

そして意を決して、もう一度見ようとしたのだが……。

「誰ですかっ!?」

後ろから大声が響いて、慌てて振り向いた。

大量の饅頭《まんじゅう》が載った手盆を持った侍女が、目を丸くして立っていた。

「こ、ここで何をしているのですかっ！」

侍女は不審者を見る目で叫んだ。

「あ、ち、違います。俺……私は警護をしている密偵で、あの……医官の董胡に犀爬という者が訪ねてきていると伝えに……陛下に誰もいなかったので……」

楊庵はさっきまでの動揺を隠し、慌てて事情を話した。

「あなたは先日の？」

少しふくよかな侍女は、道中の宿で会った楊庵に気付いたようだ。

「董胡に？」

すぐに警戒を解いて小首を傾げた。

「は、はい。そうです。犀爬が下に来ていると伝えて下さい」

「犀爬ですか……。分かりました。伝えますから、お下がりなさいませ」

「は、はい」

楊庵は命じられて、慌てて立ち去る。

襖の向こうでは「何の騒ぎですか？」と尋ねる侍女の声がしていた。

さっきの侍女が「董胡に犀爬という方が訪ねてきているようです」と答えると、ばたばたと慌ただしくしている様子が微《かす》かに聞こえた。

楊庵は頭の中が真っ白になったまま、呆然《ぼうぜん》と階段を下りていた。

「董胡はいたのか？」

入り口で待っていた犀爬に尋ねられたが、楊庵は何を聞かれたのかも分からなかった。

「…………」

「おい。無視するな。いたのか？」

「ああ……。いや……董胡は……いた……のか？」

「は？　何言ってるんだよ。呼びにいったんじゃないのか」

いらいらと聞き返す犀爬に、楊庵はまともな返事もできなかった。

「ふざけるなよ。董胡を呼ばないなら、もう私は次の社に行くからな！」

怒って出ていこうとする犀爬だったが、ちょうど侍女が一人階段を下りてきた。

「犀爬殿とはあなたでございますか？　お部屋にご案内致します。ついて来られませ」

呼びにきた侍女に連れられて、犀爬は階段を上っていった。

そして、楊庵はその様子を呆《ほう》けたようにいつまでも見上げていた。

◆

「お待たせしてすまない、犀爬」

大社の二階の小さな一室に、犀爬は通されていた。

「遅い！　私は次の社にこれから向かうんだぞ。男のくせに身支度にどれほどかかるんだよ」

犀爬はいらいらと菫胡に怒鳴った。

「ごめん。ちょうど湯につかっていたところだったから」

と答えたものの、すっかり后《きさき》装束に着替えていた菫胡は、大急ぎで医官服に着替え直したため時間がかかったのだ。

「ふん。こんな時間から呑気《のんき》に湯につかっているとは、いい身分だね」

犀爬は嫌みったらしく告げる。

やはり菫胡のことが気にくわないようだ。

「そ、それで、私に話とは……もしかして……」

董胡も実は犀爬と二人で話したいことがあった。

けれど話す暇もなく諦《あきら》めて帰ってきたのだ。

「分かっているなら話が早い。……言うなよ」

犀爬は確認するように告げた。

今日、ナティアの話を聞いていて気付いた。

マゴイの一族が狙う、麒麟の血が濃い姫君に該当するのは董胡だけだが、麒麟の力を色濃く持つ娘という括《くく》りなら、この犀爬も該当する。

犀爬がどのような育ちで、どんな家柄なのかは知らないが、宮内局付きで后の出産に立ち会う立場なら、一応貴族の身分を持つはずだった。

犀爬のように王宮の女官服で麒麟の社を渡り歩くような貴族女性は珍しいだろうが。

麒麟の血筋は、長い年月の間に貴族と平民が混じり合い、その暮らしぶりは様々だ。

皇宮で働く神官は貴族らしい生活をしているものの、各地の麒麟の社で暮らす神官はどちらかというと平民のような暮らしぶりだ。例えば宝庵のように。

かと思えば百滝の大社の神官などは、大貴族のような暮らしのようだ。

麒麟は身分の垣根を越えた存在だとも言える。

麒麟の密偵も詳しくは知らないが、董胡の知る限りは貴族とは程遠い生活をしている。

この犀爬も玄武の町医者のような暮らし方をしていた。

これほどの麒麟の力を持っていれば、皇宮に召し出されてもいいぐらいなのに。

犀爬が好きでこの生活をしているのか、皇宮に力を把握されていないのか……。

どちらにせよ、マゴイの一族が手に入れたい麒麟の娘には違いない。

「大丈夫だよ。あなたが麒麟の血筋だってことは誰にも話していない」

董胡は犀爬を安心させるために言ったつもりだった。しかし。

「は？」

犀爬は心底呆《あき》れたように返した。

「いや、だからあなたがマゴイに狙われることのないように、絶対言わないから……」

「なんの話だよ。誰がそんなことを頼んだよ」

「え？　だって……」

犀爬は話にならないと首を振って告げた。

「私のことなんて言ってない。マゴイは麒麟の高貴な姫君が欲しいんだろう？　私が狙われるわけがないだろう。馬鹿じゃないの？」

「でも……じゃあ……」

何を言うなと言っているのか？

「尊武様に言うなって言ってるんだよ。そんなことも分からないのか」

「尊武様？」

犀爬はその名を口に出して、少し頬を赤らめたように見えた。

「犀爬は尊武様に今日聞いたことを知らせたくないの？」

てっきり尊武に知らせるつもりで、話し合いの場に参加したのだと思っていた。

「其那國の内乱については知らせるさ。十五ヵ月児のことも」

「じゃあ言うなっていうのは……」

「あのナティアっていう王女の懐妊についてだよ」

犀爬はいちいち言わないと分からないのかと、いらいらと言い放つ。

「あんた、切開術をやり遂げた尊武様なら、あのナティアを救えると思っただろう。頼めないかと一瞬考えただろうが！」

「う……。それは……」

犀爬には董胡の心の内がお見通しだったようだ。

切開術で十五ヵ月児を取り出せるなら、董胡の知る限り伍尭國には尊武しか出来る者がいない。助けてくれないだろうかと一瞬考えてしまっていた。

「でも……ナティアを救えるのは尊武様しかいないかもしれないんだよ？」

自分で救えないことが情けないが、できないのだから仕方がない。

「は？　相手が誰だか分かっているのか？　玄武の御曹司だよ？　そんなお方をこの昴宿に呼び出して、あの凄惨《せいさん》な出産を手伝わそうと思っているのか？　どうかしてるよ」

「それは分かっているけど……他に切開術をできる人がいないんだから仕方ないでしょ」

「あんた、医師なんだろう？　なんで最初から人に頼ろうとしてるんだよ。自分で切開術を習得しようっていう気概はないのか？　情けない！」

「そ、それは……」

薬膳《やくぜん》に関することならどんな努力も惜しまないつもりだけれど、大量出血をするような医術だけはどうしてもできない。

自分でも情けないと思っているが、どうしても無理だった。

「私がもし男で医師免状を持てたなら、自分でやろうと思うけどな！　そして尊武様の役に立つ医師になるのに……」

犀爬は悔しそうに拳《こぶし》を握りしめた。

「犀爬……」

犀爬も医師になりたいとずっと思ってきたのかもしれない。

董胡はずるをして男装して免状を取ったけれど……。

血が怖いなどと言っている董胡よりも、犀爬の方がずっと医師に相応《ふさわ》しいのに。

自分のずるさと弱さが恥ずかしく、犀爬に申し訳なくなる。

「大体、相手は其那國の王女なんだ。尊武様が切開術をして、もしものことがあったらどうするんだよ。玄武の御曹司を其那國の恨みの標的にするつもりか！　大切な御身である尊武様に余計な責任を負わせるな、馬鹿！」

「わ、分かっているよ。一瞬尊武様が頭をよぎったのは確かだけれど、頼もうなんて思っていないよ」

頼んだところで聞いてくれるわけがない。

万が一聞いてくれたとしたら、何を取引材料に出されるかも分からない。

「それだけ、釘《くぎ》を刺しておこうと思ったんだ」

そのために、わざわざここに寄ったらしい。

犀爬はよほど尊武に心酔しているのだろう。

それは、やはり以前にも感じたように医師としての尊敬だけではないように思えた。

「だけどさ……ナティアはどうすればいいんだろう。誰か切開術ができそうな人は他にいないのかな……」

ずっとそのことを考えていた。

王宮に戻って、黎司に相談してみようとは思っていたが……。

以前は玄武にも切開術ができる医師がいたらしいが、先帝の内医司として殉死させられたと聞いた。自分達より優れた医師を排除しようとした玄武公のせいだ。

医術の発展を妨げるような玄武公が、つくづく腹立たしい。

「そのことだけど……実は……ここに来る間に思い出したんだけどさ……」

犀爬は少し躊躇《ためら》いながら呟《つぶや》いた。

「誰か切開術ができる医師を知っているの？」

董胡は希望を持って尋ねた。

「いや……切開術ではない」

「切開術じゃない？」

董胡は首を傾げた。

「ずいぶん前、私はまだ見習いで産巫女《うぶみこ》にもなっていなかった頃だけれど、隠れ庵《あん》で出産に立ち会ったことがあった。十五ヵ月児ほどではないが、今回のような児頭骨盤不均衡でひどい難産だった」

「児頭骨盤不均衡……」

赤子の頭が骨盤を抜けられない限り、母子共に命を落とす危険性が高い出産になる。

「二日がかりの難産で、もうだめだろうとみんな諦《あきら》めていた。けれど、そこにふらりと宝庵様を訪ねて、とある医師が現れたんだ」

犀爬は遠い昔の出来事を思い出すように続けた。

「不思議な人だった。今でも夢だったのかもしれないと思うんだけどさ。腹に手をかざすだけで今まで苦しんでいた妊婦が穏やかな表情になって、痛みによる緊張がほどけたのか、それともかざした手の力なのか、信じられないことに骨盤が開いたんだ」

「骨盤が……？」

しかも手をかざすだけって……。

それってまさか……。

「シャーマン……」

青龍で会った遊牧民が崇拝していた神官のような存在。

彼らは不思議な力で病も治したと言っていた。

実際に見たことはなかったけれど。

「二日間、あれほど苦しんでいたというのに、彼が手をかざした途端にするすると赤子が生まれて、産後の回復も早かった。こんなことがあるのかと驚いたんだ」

遊牧民の中に現れるというシャーマン。

けれど、もう一人、シャーマンの力を持つ人物がいる。

「それってどんな人？」

董胡は、はやる気持ちを抑えて尋ねた。

「それがさ、言われるまで気付かなかったんだけどさ、盲目だったらしい。光を微《かす》かに感じるという話だったけれど、まるで見えているかのように普通に歩いていた」

「盲目……」

まさか、という気持ちで胸がばくばくと高鳴る。

「か、髪は？　髪は何色？　白髪じゃなかった？」

白髪ならばきっと捜していた白龍だ。

「さあ。髪の色は分からないよ」

「分からないって？」

「出家しているのか、尼頭巾《ずきん》のようなものを被《かぶ》っていたから」

髪色が分かればはっきりしたのに。

けれど、限りなく白龍を思わせる。

「あの不思議な医師ならば、もしかしたら助けられるんじゃないかと思うんだ」

「そ、その医師はどこに？　居場所は分かる？」

「私は知らないけれど、宝庵様は知っているんじゃないかと思う。旧知の医師だとおっしゃっていたから」

「宝庵様が……」

次から次へと問題が起こって白龍のことを尋ねる暇もなかったのだが、こんな近くに白龍の手がかりがあったなんて。

「でもずいぶん昔のことだから、まだ生きているかも分からないよ」

「それでもいい。その方に会いたい」

「だったら私はもうこのまま次の社に行くけれど、あんたが宝庵様に聞いてみなよ。もし生きていたなら、ナティアを助けられるかもしれない」

「うん！　ありがとう、犀爬！」

もう白龍のことは諦めて王宮に戻ろうと思っていたけれど、思いがけないところから情報を得ることができた。

「明日にでも、もう一度隠れ庵に行ってみるよ」

「ああ。そうしなよ」

犀爬は、最後にもう一度「くれぐれも尊武様を巻き込むなよ！」と念を押して去っていった。

そして董胡は、いよいよ白龍にすべてを聞く時が来たのかもしれないと、気持ちが高ぶるのを感じていた。


だが……董胡はまだ知らなかった。

后達を心配した黎司が、すでに空丞の黄軍と尊武の黒軍を送り出していたことを。

そして皇宮の書庫で、黎司が先々帝の残した日記にある重大な事実を見つけたことを。

さらに楊庵が……。

董胡の正体を知ってしまったことを。

そして最悪なことに……。

すでにマゴイの魔の手が、董胡のすぐ近くに忍び寄っていたことを。

◆

昴宿にある、とある妓楼《ぎろう》の最上階。

限られた上客だけが利用できる贅沢《ぜいたく》な貴賓室だった。

港に近いこの妓楼は、其那國の要人が泊まるために造られたものだ。

白亜の建物も、船来品の調度も、其那國を彷彿《ほうふつ》とさせるものばかりだった。

「お待ちしておりました、ユラ様」

出迎えたのは百滝の大社の祭主だった。

どこか虚《うつ》ろなその瞳《ひとみ》は、深い闇に囚《とら》われたように暗く沈んでいる。

祭主の隣には、銀の髪の男が寄り添うように立っていた。

「順調に進んでいるようだな」

ユラと呼ばれた男は、祭主と銀の髪の男ににやりと微笑んだ。

長い丈の黒い外套《がいとう》（マント）には頭を隠す頬かむり（フード）がついていて、後ろに下げると一つに束ねられていた銀の長い髪が露《あら》わになった。

魔性の美しさを持つ冷ややかな顔には、紺碧《こんぺき》の瞳が鋭く輝いている。

「命じられた通り伍尭國に逃げ込んだ娘達は、すべて大社に集めております。ご所望がございますなら、何人か見繕ってこちらに連れて参りましょう」

虚ろな瞳の祭主は、感情のない声で告げる。

「其那國の娘よりも例の皇帝の后一行はどうなった」

「はい。予定通り、我が大社に滞在されております」

ユラの問いに、祭主は淡々と答えた。

「それで、その中に麒麟の血筋の姫君はいるのか？」

「分かりません」

祭主が答えると、ユラは眉《まゆ》を険しく寄せた。

「分からないだと？　そんな返答が許されると思っているのか？」

「…………」

無言になる祭主の代わりに、隣に立っていた銀の髪の男が慌てて答えた。

「い、今、早急に調べているところでございます。なにぶん警備が厳しく、軍や密偵なども周辺にうろうろしていて……」

「誰がくだらぬ言い訳をしろと言った？」

ユラの凍り付きそうな声音に、銀の髪の男が青ざめる。

「も、もうまもなく報告が入るはずでございます。ど、どうか、もう少しだけお待ち下さいませ。どうか……」

言い終わらぬ内に、ユラの右足が祭主の腹を蹴《け》り飛ばした。

無表情のまま仰向けに倒れ込む祭主と一緒に、後ろにいた銀の髪の男も床に打ち付けられた。

しかし銀の髪の男は、すぐに起き上がりユラにひれ伏して謝る。

「も、申し訳ございません。お許しくださいませ」

祭主も同じように起き上がると、無表情のまま「申し訳ございません」と謝る。

その口端からは、つーっと血の筋が垂れていたが、祭主は気にする様子もない。

ユラはその様子を見て、腹立たしそうに顔を歪《ゆが》めた。

「恐怖と苦痛のない謝罪で私が喜ぶと思ったのか？」

銀の髪の男は、何かに気付いたように肯《うなず》いた。その途端。

「う……うう……くっ……」

虚ろな目をしていた祭主が、今更蹴られた腹の痛みに気付いたように苦しみ出した。

そして銀の髪の男達に気付くと、目を見開いて恐怖に慄《おのの》く。

「ひっ！　ひいい……。ど、どうか、お許しを……」

がたがたと震える祭主を見て、ようやくユラは満足そうな笑みを浮かべた。

「ふ……。それでよい。その怯《おび》えた目で見られる心地よさよ。ははは」

ユラの高笑いを聞いて、祭主はさらに恐怖と絶望に苛《さいな》まれた。

「だが……まだまだ物足りない。もっと高貴で美しく、いまだ恐怖など知らぬような無《む》垢《く》で純真な姫君を、存分にいたぶってみたいものだ」

まるで至福を思い浮かべるように、ユラはうっとりと呟《つぶや》いた。

「伍尭國の宝と言われる麒麟の血を持つ姫君。その極上の快感を味わうために遥々《はるばる》やってきたのだ。そしてマゴイと麒麟の血を持つ奇跡の子を、我が手中に収めるのだ」

まだ恐怖に震える祭主とひれ伏す銀の髪の男の前で、ユラは高らかに宣言した。

ユラ・マゴイという最悪の男が、すでに白虎の港町に降り立っていることに、まだ伍尭國の誰も知るよしはなかった。

本書は書き下ろしです。

# 皇帝《こうてい》の薬膳妃《やくぜんひ》

## 后行列《きさききぎょうれつ》の旅《たび》と謎《なぞ》の一族《いちぞく》

**尾道理子《おのみちりこ》**

令和6年 10月25日 初版発行

発行者●山下直久

発行●株式会社KADOKAWA
〒102-8177 東京都千代田区富士見2-13-3
電話 0570-002-301（ナビダイヤル）

角川文庫 24372

印刷所●株式会社暁印刷
製本所●本間製本株式会社

表紙画●和田三造


ISBN 978-4-04-115423-6 C0193

◇◇◇

# 角川文庫発刊に際して

角　川　源　義

第二次世界大戦の敗北は、軍事力の敗北であった以上に、私たちの若い文化力の敗退であった。私たちの文化が戦争に対して如何に無力であり、単なるあだ花に過ぎなかったかを、私たちは身を以て体験し痛感した。西洋近代文化の摂取にとって、明治以後八十年の歳月は決して短かすぎたとは言えない。にもかかわらず、近代文化の伝統を確立し、自由な批判と柔軟な良識に富む文化層として自らを形成することに私たちは失敗して来た。そしてこれは、各層への文化の普及滲透を任務とする出版人の責任でもあった。

一九四五年以来、私たちは再び振出しに戻り、第一歩から踏み出すことを余儀なくされた。これは大きな不幸ではあるが、反面、これまでの混沌・未熟・歪曲の中にあった我が国の文化に秩序と確たる基礎を齎らすためには絶好の機会でもある。角川書店は、このような祖国の文化的危機にあたり、微力をも顧みず再建の礎石たるべき抱負と決意とをもって出発したが、ここに創立以来の念願を果すべく角川文庫を発刊する。これまで刊行されたあらゆる全集叢書文庫類の長所と短所とを検討し、古今東西の不朽の典籍を、良心的編集のもとに、廉価に、そして書架にふさわしい美本として、多くのひとびとに提供しようとする。しかし私たちは徒らに百科全書的な知識のジレッタントを作ることを目的とせず、あくまで祖国の文化に秩序と再建への道を示し、この文庫を角川書店の栄ある事業として、今後永久に継続発展せしめ、学芸と教養との殿堂として大成せんことを期したい。多くの読書子の愛情ある忠言と支持とによって、この希望と抱負とを完遂せしめられんことを願う。

一九四九年五月三日